ভয়ঙ্কর বাস্তবের দর্পণ...

অভিযান অর্পণ

প্রদীপ্ত দাস

সৌহার্দ্য সাহিত্য সংযোগ

ISBN: 9798885917759

অভিযান অর্পণ

Bhayankar Bastaber Darpan…

Abhiyan Arpan

Written by

Pradipta Das

প্রথম সংস্করণ : ২১শে ফেব্রুয়ারি, ২০২২

লেখক : প্রদীপ্ত দাস

ছবি : স্ব-ধারণকৃত

প্রচ্ছদ : অনয় বিশ্বাস ও মাজদান মন্ডল

অলঙ্করণ : মৌমিতা বিশ্বাস ও শাহ্ আলম বিশ্বাস

কাটাছেঁড়া : অভীক সরকার

মূল্য : ১৮০ টাকা

প্রকাশক : সৌহার্দ্য সাহিত্য সংযোগ

গ্রাম ও পোঃ টোপলা, জেলা নদীয়া

পিন : ৭৪১১৬৫

মুদ্রক : নোশন প্রেস

উৎসর্গ

পরম পূজনীয়
মা কৃষ্ণা দেবী ও বাবা প্রণব দাস
এর কর কমলে...

কৃতজ্ঞতা স্বীকার

জীবন জিজ্ঞাসার সার্থক ও পরিপূর্ণ উত্তর যে অভিজ্ঞতার মধ্যে পাওয়া যায়, তা অবশ্যই - এই জগতের রূপ-রস-গন্ধে, স্পর্শে, প্রকৃতির মধ্যে ছড়িয়ে আছে, তাকে ইন্দ্রিয়গ্রাহ্য করতে হয় মানস চক্ষু ও দর্শনের হৃদয়গ্রাহী অভিজ্ঞতার মধ্য দিয়ে। যে অভিজ্ঞতাকে সহজে স্থূল ভাষায় বলা যায় ভ্রমণ অভিজ্ঞতা, ভ্রমণের পিপাসা মানবজীবনের সহজাত। আর তার সাথে রোমাঞ্চকর অভিযান জুড়ে গেলে তো 'সোনায় সোহাগা' !

কিন্তু এই আধুনিক সময় আবহে জীবন পরিচালনার কৃত্রিম নিয়মের হাজারো বাধা বন্ধনের মধ্যে আমরা আবদ্ধ হয়ে, আমাদের মানবীয় এই সহজাত বৈশিষ্ট্য গুলিকে কেমন যেন দমন করে চলেছি। ফলতঃ এই জগতের রূপ রস সৌন্দর্য্য আমাদের কাছে অনেকটাই অধরা হয়ে রয়ে যায়...

“বিপুলা এ পৃথিবীর কতটুকু জানি
দেশে দেশে কত না নগর রাজধানী।”

তবুও এই প্রয়োজনে জীবনের বন্ধন মুক্ত হয়ে মন ছুটে চলে যেতে চায়, অজানা অসীম অনন্ত আনন্দের প্রকৃতির কোলে, খুব কম মানুষের ধরা ছোঁয়ার মধ্যে থাকা পর্বতের সাথে একান্তে নিভৃতে।আর সেই টানে সাড়া দিয়ে ভালোবাসার, অনুভূতির, অভিজ্ঞতার স্পর্শ নিয়ে এলাম হিমালয়ের কোল থেকে নির্জন অরণ্যে। সেই অনুভূতি সকলের সঙ্গে ভাগ করে নিতে, কিছুটা স্থায়ী করতে বাক্য বন্ধনে আবদ্ধ করে রাখার ছোট্ট আন্তরিক প্রয়াস এই “অভিযান অর্পন”।

এই স্বপ্নের বাস্তবায়ন অনেকের সমষ্টিগত প্রচেষ্টা ও ভালবাসার ফল স্বরূপ আজ বাস্তব হয়েছে আমার শ্রদ্ধেয় দাদুভাই স্বর্গীয় ননী গোপাল সরকারের অনুপ্রেরণায়। যে সকলের ঐকান্তিক হস্তক্ষেপ এই কর্মে আমাকে সমৃদ্ধ ও সফল করেছে , সেই সকল ব্যক্তিত্বের প্রতি আমার চিরকালীন কৃতজ্ঞতা। ভ্রাতৃপ্রতিম শাহ্ আলম বিশ্বাস (মামুন) ও আমার স্নেহের মৌসিনার সহযোগিতা ও পরিশ্রম আমাকে মুগ্ধ করেছে - তাদের প্রতি কৃতজ্ঞতা। তেহট্ট মহাকুমা শাসক শ্রীমতি মৌমিতা সাহা মহাশয়ার সুচিন্তিত পরামর্শ ও প্রেরণা ব্যতীত আমার এই কর্মসম্পাদন অনেকটাই অসম্পূর্ণ থেকে যেত, ওনার প্রতি কৃতজ্ঞতা ও শ্রদ্ধা। বিশেষভাবে ধন্যবাদ ও কৃতজ্ঞতা

জ্ঞাপন করি ব্লক উন্নয়ন আধিকারিক (তেহট্ট ১ নং ব্লক) শ্রী অচ্যুতানন্দ পাঠক মহাশয়কে, যার দেখানো স্বপ্নের মধ্য দিয়ে আমার স্বপ্ন আজ বাস্তবায়িত হতে চলেছে।

প্রথম বই প্রকাশের স্বপ্ন দেখিয়েছিল ভাই শুভতোষ বিশ্বাস, তার প্রতি কৃতজ্ঞতা থাকবেই। সাথে ভাতৃপ্রতিম কৌশিক বিশ্বাসের সহচার্য্যে ও সান্নিধ্যে এই কাজে আমি সমৃদ্ধ। বন্ধুবর ডক্টর আব্দুল খায়ের সেখ - যার সাহিত্যবোধ ও ভাবনায় আমার এই গ্রন্থ অনেকটাই পরিপূর্ণ। আর যাদের পরিশ্রম ও আন্তরিক ভালোবাসা এই রচনার প্রতিটি শব্দ স্পর্শ করে আছে, তাদের নাম উল্লেখ না করলে আমি অতৃপ্ত হয়ে- অনুতপ্ত হব; সেই স্নেহের শিক্ষার্থী সমীর সরকার, পারমিতা রায়, পুষ্পা বিশ্বাস এবং ভাই অভীক সরকার ও গৌরব বিশ্বাস। আমার অনুজ দেবাদিত্য দাস এবং তার দুই বন্ধু অঞ্জন সাহা ও বাচ্চু পালের কিছু শব্দচয়ন গ্রন্থটিকে অন্য মাত্রা দিয়েছে। আর যাদের নাম শুধু এই রচনায় নয় - মনেও আজীবন গাঁথা হয়ে রইবে, তারা হল ভ্রাতৃপ্রতিম মনোজ ও তাজ । তাদের প্রতি রইল অফুরন্ত ভালবাসা। শিক্ষক বিজন অধিকারী ও শিক্ষিকা তথা বন্ধু সুদীপ্তা বিশ্বাস আমার উৎসাহ।

এই বইয়ের মধ্যে যাদের শত ব্যস্ততার মধ্যেও প্রচুর পরিশ্রম রয়েছে, তারা হল আমার স্নেহের ভাই জয়ন্ত কুমার বিশ্বাস, প্রিয় ছাত্র ধীমান সরকার ও স্নেহের ভগিনী মৌমিতা বিশ্বাস। স্নেহাস্পদ মৌমিতার নিরলস প্রচেষ্টা আমায় মুগ্ধ করেছে। যে দুজনের অনেক ত্যাগ স্বীকারের ফসল এই রচনা তারা আমার প্রাণের আর্য ও তোজো।

সর্বোপরি মনের অনাবিল শান্তির জন্য আবারও পুনরাবৃত্তি করতেই হচ্ছে- ভ্রাতৃপ্রতিম শাহ্ আলম ও ভগিনী মৌমিতার নিরলস পরিশ্রম ব্যতীত "অভিযান অর্পন" স্বপ্নের ঘেরাটোপ থেকে প্রকাশের আলোকে উদ্ভাসিত হতে পারতো না কখনোই।

মনের অজান্তে অথবা স্মৃতির ধৃষ্টতায় আরো কিছু শুভাকাঙ্ক্ষীদের নাম হয়ত লেখা সম্ভব হল না, তবে হৃদয়ের অন্তস্থল থেকে কৃতজ্ঞতা রইল সকলের প্রতি সমহারে ও সমভক্তিতে।

ভূমিকা

আমি চঞ্চল হে
আমি সুদূরের পিয়াসী"
---কবিগুরু রবীন্দ্রনাথ ঠাকুর

"যেতে পারি কিন্তু কেন যাব? যেয়েই বা কী হবে? " এই কথাটি একবারও মনে হয় না ! আর এই প্রশ্নের উত্তরও আমার কাছে নেই। শুধু মনে হয় যাব, আবার যাব, বারবার যাব। লক্ষ্য ছাড়া যাত্রা- ঠিক মরুভূমিতে জলের সন্ধানের মতো তাই গন্তব্যের অনুরূপই যাত্রার প্রারম্ভ। যাওয়ার আগে ভাবি কোথায় যাব, কিন্তু যখন বেড়িয়ে পড়ি তখন ফেরার পথে আর ফেরার মন থাকে না। মনে হয় এইতো এলাম, এইতো সবে মুগ্ধ বিজয়ের প্রসন্নতা; এক্ষুনি চলে যেতে হবে ? দীর্ঘ পাহাড়, নির্জনতা, ফুল ফোটা, পাখিদের গুঞ্জন, নদীর বয়ে চলা; কোন ভাষায় কথা বলে বুঝি না। স্তব্ধতাও যেখানে কথা বলে এমন মনোমুগ্ধকর পরিবেশ। তবে এই শব্দহীন সূর্যালোক, এই ছবি, এই অসীম আকাশের চুপকথা আমারই হয়ে ওঠার প্রতিজ্ঞায় প্রতিশ্রুত। প্রকৃতির হাতে রাখা রাখী আমায় মনে করিয়ে দেয় আমি একা নই। আমার সেই ইতিহাস নেই, যে ইতিহাসে মৃত্যু খোদিত। আমার বেঁচে থাকা আলোর উৎসবে। আমার সাহজিক গন্তব্য প্রাণের তীর্থক্ষেত্র। যেখানে প্রাণের স্পন্দিত অক্ষরে লেখা- সবে তো শুরু, শেষ বলে কি কোথাও কিছু আছে?

ভ্রমণ করতে ভালোবাসে না এমন মানুষ পৃথিবীতে খুব কমই আছে। আর বাঙালি মানেই গল্পপ্রিয়, খাদ্যরসিক আবার ভ্রমণ প্রিয়ও বটে। আমিও বাঙালি ।আমি ভোজন রসিক নই তবে ভ্রমণ প্রিয় অবশ্যই। আমার ভ্রমণ প্রিয়তা একটু অন্য স্বাদের।

জনসাধারণের পর্যটন ক্ষেত্রের বাইরে যে অনন্ত বিস্তৃত গম্ভীর জগৎ রয়েছে, পৃথিবীর যান্ত্রিক কোলাহলের বাইরে যেখানে আছে অভিযানের আস্বাদ, মৃত্যু যেখানে সহযাত্রী। তাই বারবার ছুটে যাই সাগরের কাছে, অরণ্যের কাছে, পাহাড় ও পর্বতের কাছে। তবে এই সকলের মধ্যে সবচেয়ে বেশি যদি কিছু টানে তা হচ্ছে পর্বতের নৈস্বর্গিক রূপ। আর আমাদের ভারতবর্ষের প্রাকৃতিক বৈচিত্রের মেলবন্ধন পৃথিবীতে অদ্বিতীয়। যে দেশের মুকুট হয়ে হিমালয় বিরাজ করে আর পদকমলে সমুদ্রের অবস্থান, সেই দেশে আমার মতন প্রকৃতি প্রেমী মানুষের পর্বতাভিযান করার জায়গার অভাব নেই। কবিগুরু যথার্থই বলেছেন-

" অয়ি ভুবনমনোমোহিনী, মা,
অয়ি নির্মলসূর্যকরোজ্জ্বল ধরণী জনকজননিজননী ॥
নীলসিন্ধুজলধৌতচরণতল, অনিলবিকম্পিত-শ্যামল-অঞ্চল,
অম্বরচুম্বিতভালহিমাচল, শুভ্রতুষারকিরীটিনী ॥
প্রথম প্রভাত উদয় তব গগনে....."

ছোটবেলা থেকেই প্রকৃতির সাথে আমার সম্পর্ক একটু ভিন্ন প্রকৃতিরই বটে। বৃক্ষরোপণ ও বৃক্ষ পরিচর্যা আমার জীবনের একটি ভালো লাগা। কিন্তু মনে হতো এই চেনা জানা ছবির বাইরে যে অন্য জগৎ রয়েছে যা আমাকে বারবার হাতছানি দেয়। প্রকৃতির প্রতি ভালোবাসা কখন যে আমার কর্মজীবনের সাথে যুক্ত হয়ে যাবে সত্যিই বুঝিনি। বুঝতে পারি যে এই কর্মব্যস্ততার মাঝে আমার ছোটবেলায় দেখে আসা অভিযানের স্বপ্ন যেন ধরাশায়ী হয়ে যাচ্ছে। শুধু মনে হতো কতদিন আর মনুষ্যপরিচর্যিত পর্যটন ক্ষেত্রে ঘুরবো? কবে যাবো সেই জগতে , যেখানে প্রকৃতি নিজেই নিজ দর্পনে অপূর্ব শৃঙ্গার করে, যান্ত্রিক কোলাহলের বাইরে যেখানে পর্বত

দিগন্তব্যাপী শুভ্র শির তুলে দাঁড়িয়ে আছে, শ্যামল সুন্দর সেই গভীর অরন্য ভূমি যেখানে সূর্যালোক প্রবেশেরও অনুমতিপ্রাপ্ত হতে হয়, যেখানে নদী মনুষ্যস্বার্থের বাইরে আপন ছন্দে প্রবাহমান ,বইয়ের পাতায় দেখা চিত্রগুলি যেখানে স্বচক্ষে পরিলক্ষিত হয়। ভেবেছিলাম কালের গতিতে আমার স্বপ্ন অপেক্ষাতেই ইতি।

কথায় আছে না, যে - "অদৃষ্টের লিখন না যায় খন্ডন" অথবা স্বপ্ন দেখতে পারলে তার বাস্তবায়ন অবশ্যম্ভাবী। একদমই তাই। হয়তো অদৃষ্টের ইচ্ছায় আমার সহকর্মী হিসেবে যোগ দেয় একজন অভিযান পিপাসু মানুষ।তবে তার অবস্থা আমার মত এত শোচনীয় নয়। প্রশিক্ষণপ্রাপ্ত একজন পর্বতারোহী। তার হাত ধরেই আমার অভিযানের হাতেখড়ি। গহন অরন্য দিয়ে আমার অভিযানের যাত্রা শুরু। অফ রুটে ড্রাইভিং করা যেন আমার অপূর্ব তৃপ্তি। শুনেছিলাম অচেনা পথ জঙ্গলের সমান। কিন্তু যখন অচেনা পথ এবং জঙ্গল উভয়েই একসাথে তখন সে এক রোমহর্ষক ভালোলাগা। এই ভাবেই অচেনা পথ, অচেনা স্থান, অচেনা পৃথিবী - এই সকলের মধ্যে দিয়ে একের পর এক সান্দাকফু, অমরকন্টক, ইয়েলবং ক্যানিয়ন, সিল্ক রুট, লেহ-লাদাখ, নীলগিরি, পাইকারা লেকের গভীরতা, বক্সা, জলদাপাড়া আরো কত রূপ উদ্ভাসিত হলো নয়ন সমুখে।

কিছুদিন আগেই জয় করে আসা হিমালয়ের কোলে রাখা ক্যানিয়ন, গিরিখাত, শৃঙ্গ আজও আমাকে ডাকে। লাদাখ অভিযানে এসে মৃত্যুকে খুব কাছ থেকে দেখেছি। বলা যায় মৃত্যুর সঙ্গে করমর্দন করে এসেছি। অভিযান প্রথম দিন ব্যর্থ হয় কারণ আমার সিলিন্ডারের অক্সিজেনের পরিমাণ খুব কমে যায়। পরেরদিন আবার নতুন উদ্যম নিয়ে দ্বিতীয় বারের চেষ্টায় শৃঙ্গ জয়ের স্বাদ। আমার সঙ্গে খুশিতে মাতোয়ারা হয়ে উঠলো আকাশ, পাহাড়, পর্বত। একবার ভুল করে চীন দেশের সীমান্তে ঢুকেপড়ি। আমাদের দেশের জওয়ানদের তৎপরতায় সে যাত্রায় বেঁচে যাই।

প্রকৃতিকে ভালোবাসতে ভালো লাগে। সেই সঙ্গে ভালো লাগে সেই সব মানুষদের যাঁরা নিজেদের নিয়োজিত রেখেছেন মানুষের সেবায়। এমনই একজন জওয়ানের সঙ্গে সাক্ষাৎ হয় লাদাখে। তাঁর আচরণ এবং আতিথেয়তায় সত্যিই মুগ্ধ হই । ফিরে আসার সময় জোজিলা গিরিপথে ধস নামে। ফেরার সব রাস্তা বন্ধ হয়ে যায়। এখানে একটা কথা না বললেই নয়, আমরা এতদিন বইয়ের পাতায় পড়ে এসেছি জোজিলা পাস, নাথুলা পাস ইত্যাদি নাম। আমি নিজেও একজন শিক্ষক, আমিও তাই-ই জেনে এসেছি এবং আমার ছাত্র-ছাত্রীদের পড়িয়ে এসেছি। কিন্তু ভুল ভাঙলো এখানে এসে। এখানে এসেই জানতে পারি লাদাখের স্থানীয় ভাষায় "লা" কথার অর্থই হল "পাস"। প্রকৃতি প্রতি পদে শিক্ষাদান করে নীরবে। জোজিলা ধস নেমে রুদ্র মূর্তি ধারণ করে। আরও একবার সাক্ষাৎ হয় মৃত্যু চেতনার সঙ্গে।

চোখবন্ধ করলেই নিত্যদিন অভিযানের দিনগুলি মনে করে সত্যিই বিস্মৃত হই। আমার আবেগ, অনুভূতি বর্ণনা করার ভাষা অন্ত হলেও আবেগ,অনুভূতির গভীরতা বাস্তবে অনন্ত। এককথায়, অভিযানে গিয়ে আমি যে অমৃতের স্বাদ আস্বাদন করেছি তারই বহিপ্রকাশ এই গ্রন্থ- "অভিযান অর্পণ"। এই গ্রন্থের অন্তর্গত প্রত্যেকটি কাহিনী অকল্পনিক এক্সপিডিশন বা অভিযান ধর্মী , ভয়ঙ্কর বাস্তবতার দর্পণ স্বরূপ অভিযানকে অর্পিত আমার এই গ্রন্থ " অভিযান অর্পণ"।চোখ দিয়ে দেখা দৃশ্য , মনের কল্পলোকে জারিত হয়ে লেখনীর মাধ্যমে প্রকাশে আমার এই ছোট্ট ক্ষুদ্র প্রয়াস , যদি পাঠকের মনে সামান্যতম হলেও স্থান নিয়ে থাকে; তবেই আমার পরিশ্রম সার্থক বলে মনে করবো ।

নাজিরপুর ● নদীয়া

ফেব্রুয়ারি- ২০২২

ধন্যবাদান্তে,

Pradipta Das.

শুভ কামনায়...

"অভিযান অর্পণ" প্রকাশিত হবার শুভলগ্নে তার লেখক প্রদীপ্ত-কে জানাই আন্তরিক শুভেচ্ছা। মানবজীবন ও প্রকৃতির মেলবন্ধন- এই চিরন্তন সত্যকে অস্বীকার করা যায় না। তাই প্রকৃতির কাছে মানুষের সমার্পনকে লেখনীর মাধ্যমে তুলে ধরার জন্য প্রদীপ্তকে জানাই আন্তরিক ধন্যবাদ। এই শুভলগ্নে সামিল হতে পারার জন্য লেখকের প্রতি রইল শ্রদ্ধা ভালোবাসা ও কৃতজ্ঞতা।

মহকুমা শাসক

তেহট্ট মহকুমা

শুভ কামনায়...

অভিযান কথাটার সাধারণ অর্থ কোনো বিশেষ উদ্দেশ্যে চেনা পরিবেশ ছেড়ে একা বা সদলবলে বেড়িয়ে পড়া। বিবর্তনের ইতিহাসে এই ঘটনা বারবার ঘটেছে। কখনো খাদ্য-বাসস্থানের সন্ধানে, কখনো মনের অনুসন্ধিৎসা মেটাতে আবার কখনো বা অপার্থিবকে ছুঁতে চাওয়ার অভিপ্রায়ে। মানব ইতিহাসে সবচেয়ে বড় অভিযান ঘটেছিল সেদিন বা সে সময় কালটায়, যখন মানুষ বেঁচে থাকার তাগিদে আফ্রিকা মহাদেশ ছেড়ে পৃথিবীর দিকে দিকে তার অস্তিত্বকে ছড়িয়ে দিয়েছিল।

ভ্রাতৃপ্রতিম প্রদীপ্ত (দাস), তার লেখনীর গুণে, আমার মতো অনেক অভিযান পিপাসু মনকে, তার অভিজ্ঞতার শরিক করবে এই আশা রাখি।

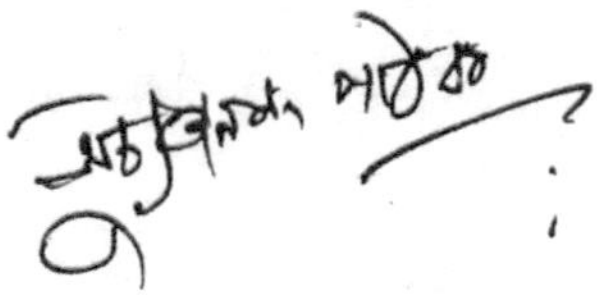

সমষ্টি উন্নয়ন আধিকারিক
তেহট্ট ১ নং সমষ্টি

শুভ কামনায়...

Among the books recently which I have already gone through " Avijan Arpan " composed by the epoch making illustrious writer Pradipta, is the best of the lot.Not only this but the subject matters of the aforesaid books image was ,is and always will be the torch in the heart of the people who will read this book.

Bimalendu Sinha Roy

শিক্ষারত্ন, জাতীয় শিক্ষক,
প্রাক্তন প্রধান শিক্ষক, বিশিষ্ট সাহিত্যপ্রেমী,
এবং বিধায়ক-করিমপুর বিধানসভা।

শুভ কামনায়...

স্নেহাস্পদ প্রিয় প্রদীপ্ত,

তোমার বহুমুখী প্রতিভা ও কর্মোদ্যমে আমার মত সকলেই মুগ্ধ। সঠিক শিক্ষাদানের মধ্য দিয়ে শিক্ষার্থীদের আদর্শ মানুষ ও ভবিষ্যতের যথার্থ নাগরিক করে তোলা সঙ্গে সঙ্গে - পরমপিতার সন্তান সমস্ত মানুষের পাশে দাঁড়িয়ে, তাদের সেবা করার মহৎ কাজ এক বিরল দৃষ্টান্ত; এর সঙ্গেও তোমার প্রকৃতিপ্রেমী উদার মুক্তমনের যে পরিচয় তোমার ভ্রমণের মধ্যে রয়েছে, তাকে আমি অভিনন্দন জানাই। তোমার এই ভ্রমণ যাত্রার অভিজ্ঞতা - চর্মচক্ষু দিয়ে দেখা দৃশ্য মনস কল্পলোকে জারিত হয়ে লেখনীর মাধ্যমে গ্রন্থাকারে প্রকাশিত হবে এটা সত্যিই প্রশংসার দাবি রাখে। তোমার এই রচনায় অভিজ্ঞতা ও ভাবনার মধ্য দিয়ে আরো সকলে তোমার ভ্রমণ স্থানের সমস্ত দৃশ্য, কৃষ্টি-সংস্কৃতি সকলের হৃদয়াঙ্গম হবে - এটা আমাদের একটা বড় প্রাপ্তি। তোমার রচনা "অভিযান অর্পণ" সাদরে সকলের কাছে গৃহীত হবে ও সমাদৃত হবে এই আশা রাখি। আগামী জীবনে তোমার চলার পথ আরো অনেক দীর্ঘ। সেই দীর্ঘ পথচলার প্রতি রইলো আমার শুভকামনা ও আশীর্বাদ। অনেক অনেক ভালোবাসা রইল...

শ্রী আশিস কুমার সাহা—

বিধায়ক

তেহট্ট বিধানসভা

শুভ কামনায়...

আজকে জল,জমি,জঙ্গল হারিয়ে যাচ্ছে। অথচ জীবন এদের উপর নির্ভর করছে। প্রকৃতি পাগল তরুণ প্রদীপ্ত এ বই এ আমাদের ঘরে ফেরার ডাক দিয়েছে। আসুন সুস্থ হই। শান্তি নামুক জলপ্রবাহের মতো।

ড: শক্তিনাথ ঝা, ডি. লিট.
প্রাক্তন অধ্যাপক, কৃষ্ণনাথ কলেজ
বহরমপুর, মুর্শিদাবাদ

শুভ কামনায়...

পুত্রবৎ প্রদীপ্তর পর্বত অভিযানের দিনগুলো আমার ভীষণ উৎকণ্ঠায় কেটেছে। কিন্তু ওর প্রকৃতিপ্রেম ও মানবপ্রেম আমাকে অভিভূত করে। অভিযান নিয়ে লেখা তার বই পাঠককে নিশ্চিত তার প্রমাণ দেবে। প্রকাশিত হবার শুভলগ্নে প্রদিপ্তকে সাধুবাদ আন্তরিক শুভেচ্ছা জানাই। ওর লেখা ও সুর দেওয়া গান শোনার পর এবার এই ভয়ঙ্করতম সৃজনশীল বাস্তবতার সার্থক রূপায়ণের অপেক্ষায় রইলাম, সাথে হৃদয়স্থিত আশীর্বাদ তো রইলোই...।

সম্প্রীতির বার্তাবাহক ও

আন্তর্জাতিক খ্যাতি সম্পন্ন বাউল সাধক

সূচীপত্র

ইয়েলবং এর দিনরাত্রি

১৫ই মার্চ ২০২১, নদীয়া জেলার নাজিরপুর গ্রামের "কৃষ্ণা কুটির" থেকে আমরা চারজন রওনা দিলাম। গন্তব্য ওদলাবাড়ি, আমাদের সকলের প্রিয়পাত্র ভাই সুদীপ্তর বাড়ি। প্রতিবারই আমাদের বাহন হয় খায়েরের নিজস্ব সুইফট ডিজায়ার গাড়ি। এই প্রথমবার আমার গাড়ি নিয়ে বেরোলাম। উৎকণ্ঠায় রাত্রে ভালো ঘুম হয়নি। যাই হোক শেষ রাত্রে হালকা ঝিমিয়ে নিয়ে তাড়াতাড়ি উঠে পড়লাম। এরপর প্রাত্যহিক ক্রিয়া সম্পন্ন করে ফ্রেশ হয়ে ঠিক সকাল ছ'টার সময় রওনা দিলাম। গাড়ি ছুটিয়ে প্রায় ৪৭০ কিলোমিটার রাস্তা পাড়ি দিয়ে যখন ওদলাবাড়ি পৌঁছালাম ঘড়িতে তখন প্রায় রাত আট'টা। সুদীপ্ত ছেলেটা বড় মিষ্টভাষী এবং খুব আন্তরিক। খুব সহজেই সকলকে আপন করে নিতে পারে। ওর বাড়িতে রাতের খাবার খেয়ে গেলাম আশিকের বাড়ি।আশিকের মা বাবা বাড়িতে নেই, ওখানে দুটো ঘরে আমাদের শোবার ব্যবস্থা হলো।গাড়িটাও এখানে রেখেই আমাদের যাত্রা শুরু হবে আগামীকাল। তাই সুদীপ্তর বাড়ি থেকেই ট্রেকিং এ বেরোনোর সব সরঞ্জাম নিয়ে এসেছি। আনন্দ ও যেমন হচ্ছে, তেমনই টেনশন পিছু ছাড়ছে না। কারণ, পরের দিন সকালে নাজিরপুর বিদ্যাপীঠ এর শিক্ষক, পর্বতারোহী কৌশিক বিশ্বাসের নেতৃত্বে আমি, রানাঘাট কলেজের অধ্যাপক পরিমল বিশ্বাস, তেহট্টর শিক্ষক চঞ্চল হালদার এবং উত্তরবঙ্গ মাউন্টেনিয়ারিং ইনস্টিটিউটের সাতজন পাড়ি দেবো " ইয়েলবং ক্যানিয়ন।"

শুনলাম, কালিম্পং-এর ইয়েলবং ক্যানিয়নের উৎসমুখে আজ পর্যন্ত নাকি কেউ পৌঁছাতে পারেননি ক্যানিয়নের মধ্যে দিয়ে। সবচেয়ে চিন্তার বিষয় আমাদের এই ১১ জনের দলে একমাত্র আমিই মাউন্টেনিয়ারিং কোর্স না করে নন ট্রেন্ড হিসেবে সামিল হতে চলেছি । সকাল সাতটার সময় আমরা ওদলাবাড়ি বাজার থেকে চারটে বড় প্যাকেট ম্যাগি নিয়ে এবং তিনটে করে রুটি খেয়ে যাত্রা শুরু করলাম ট্রাউজার্স ও

গেঞ্জি পায়ে জুতো-মোজা পরে,পিঠে ছোট স্যাক নিয়ে। বাকি সকলের পিঠে প্রায় চল্লিশ পঞ্চাশ লিটারের রুকস্যাক।

ঘিস নদী

ঘিস নদীতে জল এখন কম। আমরা সেই নদী ধরেই হাঁটতে শুরু করলাম। দুধারে ঘন জঙ্গল। সেখানে হাতি, চিতাবাঘ রয়েছে। সেই কারণে আমাদের যাত্রাপথের শুরুতেই পুলিশি প্রহরাও দেখলাম। ঘন জঙ্গলের মধ্যে দিয়ে রিভার বেডের বড় বড় বোল্ডার পার হয়ে এগিয়ে চলেছি। জীবনে কখনো এতটা হেঁটেছি বলে মনে পড়ে না। কিন্তু প্রাকৃতিক সৌন্দর্যে ভরপুর নদীর প্রত্যেকটা বাঁক পেরোলেই আবার নতুন

পাহাড়, আবার নতুন সৌন্দর্য। গাছে গাছে রংবেরঙের পাখি, লালমুখো বাঁদর, অচেনা ফুল-ফল মনকে এক আলাদা অনুভূতি দিচ্ছে। আর পুরো রাস্তা জুড়ে হাতির মল জানান দিচ্ছে তাদের অস্তিত্ব।

চলতে চলতে আমাদের একটু জিরিয়ে নিতে হচ্ছে। পাহাড়ের গায়ে হেলান দিয়ে নদীর জল খেয়ে আবার হাঁটা শুরু করছি। এভাবে হাটতে হাটতে প্রায় চৌদ্দ কিলোমিটার পথ অতিক্রম করে বিকেল পাঁচটার সময় আমরা পৌঁছালাম ইয়েলবং ক্যানিয়নের মুখে। এখান থেকেই প্রায় সাতশো মিটার উচ্চতা পাড়ি দিয়ে আমাদের পৌঁছতে হবে উৎসমুখে। এখানে আমরা বিশ্রাম নিলাম। জুতোর ফিতে ভালো করে বেঁধে নিলাম। হাফ প্যান্ট ও গেঞ্জি পরে স্যাকের প্লাস্টিক ভালো করে মুড়িয়ে নিলাম।

আদিম উপায়ে জলপান

এবার ক্যানিয়ন এর মধ্যে প্রবেশ করলাম আমরা। দুই দিকে খাড়া দেওয়াল আর নিচে জল। মাথায় স্যাক নিয়ে জলের মধ্যে দিয়ে আস্তে আস্তে এগিয়ে চললাম। হঠাৎ লক্ষ্য করলাম পাশের দেওয়ালে পাললিক শিলার মধ্যে কাদা পাথরের স্তর আছে। হাত

দিয়ে সরাতেই একটুকরো কাদা পাথরের স্তর খুলে বেরিয়ে এলো। সঙ্গে সঙ্গে পরিমল সাবধান করে দিল, "দাদা কাদা পাথরের দেওয়ালে একদম হাত দেবেনা। ধস নেমে যেতে পারে। আর সেটা হলে আমাদের সকলের সলিল সমাধি অনিবার্য।" কিছুটা দূর যাওয়ার পরে বুঝতে পারলাম যে, খাড়া দেওয়াল বেয়ে আমাদের রোপ ক্লাইম্বিং করতে হবে। নব্বই ডিগ্রি খাড়া দেওয়াল বেয়ে উপরে উঠতে হবে। তার ওপরে সম্পূর্ণ শরীর ভেজা। ভাবতেই গা শিউরে উঠল। কিন্তু এটাও বুঝে গিয়েছি, আমাদের এই এক্সপিডিশন এ থেমে যাওয়া বা ফিরে যাওয়ার কোন রাস্তা নেই।

কৌশিক ও আশিক আগে গিয়ে রোপ ফিক্স করল। প্রনব ও পরিমল ওপরে উঠে পড়ল। এবার এলো আমার পালা। সকলে গ্লাভস পড়ে রোপ ক্লাইবিং করছে। কিন্তু আমি কোন ভাবেই গ্লাভসের ওপর ভরসা করতে পারলাম না। জানি তাতে আমার হ্যান্ডবার্ন হবে। তবুও ভয়, গ্লাভস খুলে গেলে মৃত্যু অনিবার্য। কারণ, এখানে বিলে করার কোন ব্যবস্থা নেই। এবার রোপ ধরে দেওয়ালে পা দিয়ে আস্তে আস্তে উঠতে শুরু করেছি। সকলেই আমাকে ভীষণভাবে অনুপ্রেরণা যোগাচ্ছে। কোথায় স্টেপ ফেলবো, পা যেন ভাঁজ না করি, মনে যেন জোর রাখি, এসব কথা বলে যাচ্ছে। বুঝতে পারছি, হাত ও পায়ের পেশির উপর ভীষণ টান পড়ছে। ভূমিধস হচ্ছে তবু আমাকে উঠতেই হবে। বেঁচে থাকার একটাই রাস্তা। এভাবে সকলের চেয়ে বেশি সময় নিয়ে পৌঁছালাম। তখন এক ভীষণ শান্তি অনুভব করলাম। মোবাইলটা বের করে নিচের ছবি তুলতে যাচ্ছি, এমন সময় চঞ্চল ও পরিমল আমাকে জোর করে বসিয়ে দিল। আমার আর কোন সমস্যা হচ্ছে না কিন্তু ওরা কিছুতেই আমাকে দাঁড়াতে দিল না। বুঝলাম, হয়তো কিছু সমস্যা হতেও পারে। হটাৎ করে মাথা ঘুরে যেতে পারে। নন ট্রেন্ড হওয়ার এটাই অসুবিধা।

এবার কৌশিক "ব্যানানা ফলস" এর ওপর থেকে রোপ ফিক্স করে কোমরে হার্নেস লাগিয়ে, জুমার নিয়ে, হেলমেট পরে, একশন ক্যামেরা নিয়ে ওপর থেকে ঝুলে পড়ল নিচের কিছু অসাধারণ ছবি তোলার জন্য।

এরপর আবার এগোনো শুরু। এবার আমাদের চিমনি ক্লাইম্ব করে এগোতে হবে। অর্থাৎ ক্যানিয়নের সংকীর্ণ দুই খাড়া দেওয়ালে দুই হাত ও পা চেপে ধরে এগোনো আবার কখনো এক দেওয়ালে দুই পা হাত রেখে পিছনের দেওয়ালে পিঠ দিয়ে শরীরকে আটকে রেখে একটু একটু করে এগোনো। নিচের দিকে তাকানো

যাবেনা, কারণ ভীষণ সংকীর্ণ হয়ে ইংরেজি 'ভি' অক্ষরের মত নেমে গেছে। সেখানে খর জল বইছে। পড়ে গেলে শরীর ঢুকে যাবে কিন্তু কোনোভাবেই বের করা সম্ভব হবে না অর্থাৎ মৃত্যু অনিবার্য।

ব্যানানা ফলস্ এ রোপ ফিক্সিং

চিমনি ক্লাইম্ব করে কিছুটা চড়াই উঠলাম। এরপর ক্রমাগত আমাদের জলের মধ্যে দিয়ে, কখনো চিমনি করে ,কখনো গাছের ডাল ধরে চড়তে হচ্ছে। এভাবে

হাঁটতে হাঁটতে যখন বিকেল পাঁচটা বাজল তখন আমরা এসে পৌঁছলাম প্রায় আশি মিটার উঁচু নব্বই ডিগ্রি একটি দেয়ালের সামনে। ওপর থেকে ঝোরার জল পরছে। একটু পরে বুঝতে পারলাম এটা আমাদের ক্লাইম্ব করে উপরে উঠতে হবে। সকলে বসে পড়লো। কৌশিক, প্রণব, আশিকরা পরিকল্পনা করছে। সময় খুব কম। অন্ধকার নেমে আসার আগেই উঠতে হবে।কিন্তু আমার কাছে এই ক্লাইম্বিং তো ভাবনার অতীত। কিন্তু ভাবনাতে নয় বাস্তবে এটাই সত্যি আমাকেও উঠতে হবে।

প্রণব আর আশিক পাশের একটা খাড়া নালার মধ্যে দিয়ে এমনিই উঠে গেলো, কতটা সাহস, আত্মবিশ্বাস ও ট্রেন্ড হলে এটা সম্ভব! তারপরে ওরা রোপ ফিক্স করলো।এবার চঞ্চল উঠে গেল এই ওয়ালের মাঝামাঝি একটি গুহা পর্যন্ত। এরপর আমার পালা। এবার বিলে করা হলো। অর্থাৎ রোপ ধরে ওঠার সঙ্গে সঙ্গে কোমরে একটি রোপ ফিক্স করে ওপর থেকে ঘুরিয়ে নিয়ে আসা হল। যদিও পড়ে যাই, তাহলে কিছুটা পড়ে গিয়ে আঘাত পেলেও ঝুলে থাকবো। একদম নিচে পড়বো না। মনের সাহসের ওপর ভর করে আর খালি হাতে রোপ ধরে উঠতে শুরু করলাম। বেশ কয়েকবার পা পিছলে গেল। সকলের ইন্সট্রাকশন ভাসছে বাতাসে কিন্তু আমার কানে প্রবেশ করছে না। শেষমেষ গুহা পর্যন্ত পৌঁছালাম। কিন্তু ওখানে আর জায়গা নেই। ফলে বাকিদের ওঠার আগে আমাদেরকে উঠতে হবে। পরপর তিন জন এবার বিলে ছাড়াই রোপ ক্লাইম্ব করে উপরে উঠল। এভাবে পরপর সবাই উঠে আসলো গুহা পর্যন্ত এবং একইভাবে উপরে উঠল।

প্রায় ৮০ ডিগ্রি ঢালে রোপ ক্লাইম্বিং

কৌশিক উঠবে সবার শেষে। কিন্তু একটা সমস্যা হলো। সুদীপ্ত অনেক চেষ্টা করেও কোনো ভাবেই উঠতে পারল না। বারবার পিছলে গেল। আঘাতও পেল। নিজেই বলল, "আমাকে টেনে তোলো।" তখন বাধ্য হয়ে সুদীপ্তকে নিচে রেখে কৌশিক ওপরে উঠে আসল এবং দুজন মিলে টেনে তোলা হলো সুদীপ্তকে। সুদীপ্ত আঘাত পেল শরীরে। হ্যান্ডবার্ন হলো,শরীরের অনেক জায়গায় ছুঁলে গেলো। সুদীপ্ত একজন ভালো ট্রেনার কিন্তু প্র্যাকটিসের অভাবে শরীর ভারী হয়ে গেছে।

উপর থেকে ততক্ষণে সবাই বারবার বলছে, ওপরে টেন্ট খাটানোর কোন জায়গা নেই। ততক্ষণে রাত্রি নটা বেজে গিয়েছে। এদিকে নিচে নামা অসম্ভব ব্যাপার। কৌশিকের সিদ্ধান্ত মত আমাদের উৎসমুখে পৌঁছতেই হবে। তাই এবার গুহা থেকে

বাকি চড়াই বিলে ছাড়াই উঠতে হলো। কিন্তু যেখানে আমাদের খাড়া পাহাড়টি শেষ হয়ে গিয়েছে তারপর কুড়ি মিটার মত খাড়া অংশটুকু কোনো সাহায্য ছাড়াই উঠতে হবে। এটা আমাদের এক্সপিডিশনের সবচেয়ে বিপদের জায়গা। ঝুরঝুরে মাটিতে পা গ্রিপ করছে না। আমি চিৎকার করে চঞ্চল,পরিমল সকলের কাছে সাহায্য চাইলাম। কিন্তু বুঝতে পারলাম, আমাকে সাহায্য করতে আসা মানে তাদেরও মৃত্যুমুখে পতিত হওয়া। ক্ষণিকের জন্য বুঝতে পারলাম, এখান থেকে পড়লে মৃত্যু অনিবার্য। ততক্ষণে আমার একটা পা স্কিট করে গিয়েছে। হাতে ধরার মতোও কিছু নেই। বাধ্য হয়েই ঝুরঝুরে মাটির মধ্যে দুটো হাতকে ঢোকানোর চেষ্টা করলাম। এরপরই ঘটলো বিপদ, দ্বিতীয় পাও স্কিট করে গেল। নিচে পড়লে মৃত্যু অনিবার্য, রেসকিউ করার কারো সাধ্য নেই।আর বন্য পশু আমার চিহ্ন রাখবে না। আমি উপুড় হয়ে শুয়ে,কিন্তু পড়িনি কেন! আসলে ততক্ষনে আমার দুটো হাতের আটটা আঙ্গুল ঢুকিয়ে ফেলতে পেরেছিলাম সামান্য গভীর মাটির ভেতরে। তাই পথে আসতে আসতে পরিমলের বলা থ্রী পয়েন্ট ক্লাইম্বিং-এর কথা মাথায় রেখে একটু একটু করে খুব সন্তর্পণে এগিয়ে যেতেই একটি পাহাড়ি বাঁশ পেলাম। এই ছোট্ট সরু বাঁশটিই আমাকে শেষ রক্ষা করলো, যেটাকে ধরে উপরে উঠে স্বস্তির শ্বাস ফেললাম। শেষ মুহূর্তে সবাই আমায় টেনে তুললো কিন্তু ফেলে আসা মুহূর্তটিকে কিছুতেই ভুলতে পারছিলাম না। আসলে হেড টর্চ না থাকায় অন্ধকারও আমায় বাধ সেধেছিলো আর আসার পথটাও কয়েক হাত দুরত্ব ভুল হয়েছিল।

এরপর বিধ্বস্ত সুদীপ্তকে নিয়ে কৌশিক এলো। অন্ধকার জঙ্গলের মধ্যে সকলেই শুয়ে পড়েছি তখন কারো কাছে একটুও জল নেই। তেষ্টায় গলা ফেটে যাচ্ছে। আমরা ওখানেই বসে থাকলাম। কৌশিক আর আশিক অন্ধকার জঙ্গলের মধ্যে বেরিয়ে গেল রাতে টেন্ট খাটানোর জায়গা খুঁজতে। বেশ কিছুক্ষণ কেটে গেল কিন্তু ওরা ফিরছে না, মনের মধ্যে একটা অন্যরকম ভয়ও কাজ করছে। যদিও মুখে কেউ কিছু বলছেনা। তবুও সকলের মধ্যে খুব দুঃশ্চিন্তা কাজ করছে। প্রায় আধঘন্টা পরে ওরা ফিরে এলো ছোট্ট একটু জায়গা খুঁজে পেয়েছে, যেখানে ঝোপঝাড় গুলো কেটে পরিষ্কার করলে খুব কষ্টে চারটে টেন্ট খাটানো যাবে। কিন্তু এই মুহূর্তে সবচেয়ে প্রয়োজন জলের। কারণ আমরা প্রায় আট ঘন্টা জলস্পর্শ করলেও পান করতে পারিনি। জামা-প্যান্ট, জুতো-মোজা সব ভেজা। একটা কাঠের গুঁড়ির ওপর ব্যাগপত্র

নামিয়ে আমরা পোশাক বদল করলাম। ঝাড়খণ্ডের শিবগাদ্দি গিয়ে ঝর্ণার জলে তিন ঘন্টা ভেজা জামা কাপড়ে শ্রীঘরে পৌঁছেছি। কিন্তু এভাবে বারো ঘন্টা একটানা ভিজে থাকার অভিজ্ঞতা এই প্রথম। জুতো খোলার পর পা চিনতে পারছি না,সাদা হয়ে কুঁচকে গেছে।

সাগর আর কৌশিক আবার বেরিয়ে পড়ল জলের সন্ধানে। ততক্ষণে আশিক আর প্রণব খুকরি বের করে জঙ্গল পরিষ্কার করতে লাগল। পরিমল আমাকে বলল বিশ্রাম নিতে, তারপর ওরাই কাজ করতে লাগলো। ওরা আসলে কেউ ভাবতে পারেনি একজন নন ট্রেন্ড এখানে এসে পৌঁছাতে পারবে। ততক্ষনে সাগর ও কৌশিক জলের সন্ধান পেয়েছে। সকলে মিলে প্রত্যেকের বোতল নিয়ে জল আনতে চলে গেল। কিছুক্ষণের মধ্যেই ওরা জল নিয়ে ফিরে এলো, বড় পাথরের খাঁজে একটা ছোট্ট অবনত জায়গা এই জলের উৎস। এরপর কয়েকজন মিলে টেন্ট খাটাতে শুরু করল, কৌশিক এর মধ্যেই তিনটে পাথরের ওপর হাঁড়ি বসিয়ে দিয়েছে। জল গরম হচ্ছে, ডিনারের জন্য বরাদ্দ দু বড় প্যাকেট ম্যাগি। হেড টর্চ জ্বালিয়ে আমি ওর সামনে বসলাম। শুকনো পাতা গুলো পাথরের উনুনের মধ্যে গুঁজে দিতে থাকলাম।

রাত্রির গভীর জঙ্গলের একটি ভয়ংকর সুন্দর শব্দ আছে, বাস্তব অভিজ্ঞতা ছাড়া পাঠককে তা বর্ণনা করার সাধ্য নেই আমার। সকলে মেস্টিন নিয়ে অধীর আগ্রহে অপেক্ষা করছে কখন হাঁড়ি নিচে নামবে। আমি ম্যাগি এ্কেবারেই পছন্দ করিনা। কিন্তু সেই রাতে সারাদিন দুটো চকলেট খেয়ে কাটানোর পরে রাত এগারোটার সময় কৌশিকের একটা মেস্টিনে দুজন ম্যাগি খেতে খেতে অমৃতের স্বাদ অনুভব করেছিলাম। চকলেট খাওয়ার প্রসঙ্গে মনে পড়ে গেল, চকলেট খাওয়ার পরে চকলেটের প্লাস্টিকের আবরণটি কৌশিককে আগেও দেখেছি ব্যাগের মধ্যে ঢুকিয়ে রাখতে। পাহাড়ের প্রতি কৌশিকের এই ভালোবাসা সত্যিই আমাকে মুগ্ধ করেছে,যা পরবর্তীতে আমিও শিখেছি। মহোল্লাসে আমাদের ডিনার শেষ হলো। টেন্টে বসে রাত্রির নিস্তব্ধতায় মাউথ অর্গানের সুর অথবা খালি গলায় গান শোনার সৌভাগ্য খুব কম সৌভাগ্যবানের হয়। রাত প্রায় বারোটা বেজে গিয়েছে। এবার সত্যিই শরীর আর চলছে না। তারপরে যে যার টেন্টে ঢুকে পড়লাম। প্রথম অভিযাত্রী হিসেবে আমার স্বপ্নপূরণের শান্তি নিয়ে পরের দিনের জার্নির কথা ভুলে পাহাড়ের নিস্তব্ধ অচেনা শব্দের মাঝে গভীর ঘুমে ডুবে গেলাম।

উৎস মুখে আহারের ব্যাবস্থা

ফেরার পথে

ভোর পাঁচটায় ঘুম ভাঙলো চেনা অচেনা পাখির ডাকে। টেন্টের চেন খুলে বাইরে বেরোলাম। অভ্যাস বশত ব্রাশ করে চোখ মুখ ধুয়ে এবার চায়ের প্রয়োজন। কিন্তু কেউ ব্রাশ আনেনি কারণ ওরা দশ পনেরো দিনের জন্য পর্বত অভিযানে গেলে ব্রাশ না করে শুধুমাত্র মাউথওয়াশ লিকুইড ব্যবহার করে থাকে। তাই একদিনের জন্য ব্রাশ করার কোনও ব্যবস্থা করেনি, তারপর জলের সমস্যা ও রয়েছে। সবচেয়ে সমস্যা হলো সকালের প্রাতঃকৃত্য করা জলের তো একটাই জায়গা রয়েছে, যে জল আমরা খাচ্ছি আবার ওই জলেই আমাদের অন্যান্য কাজও সারতে হচ্ছে। আমি ও পরিমল একটু জঙ্গলের ভেতরে গেছিলাম হঠাৎ করে কৌশিক এর গলার স্বর ভেসে এলো-" প্যাক আপ প্যাক আপ।" ফিরে প্যাকিং শুরু হলো। খুব তাড়াতাড়ি সবকিছু গুটিয়ে নিয়ে এবার ফেরার পালা। আমরা যে রাস্তা দিয়ে এসেছি সেটা ফেরার পথ নয়। অন্য পথ ধরে দুটো পর্বতচূড়া অতিক্রম করে আমাদের নামতে হবে ,তাই শুরু হলো আবার পথ চলা। ভেবেছিলাম ফেরার পথ হয়তো সুগম হবে কিন্তু এ তো দেখি

প্রতি পদে পদে বিপদসংকুল। সবাই হেঁটে চলেছে সামনে। একদম পেছনে কৌশিক, কৌশিকের আগে আমি। হঠাৎ করে একটা শব্দ হলো পেছন ফিরে দেখলাম কৌশিকের ডান পা শুকনো পাতায় পিছলে খাড়া ঢালে নেমে গেছে, সাথে সাথেই বাদিকের একটা ডাল ধরে ফেলেছে। ডানদিকের কয়েক হাজার ফিট গভীরতার দিকে তাকিয়ে বুকটা আঁতকে উঠলো। কৌশিক বলল-" এগিয়ে চলো দাদা কোন সমস্যা নেই।" অথচ বেশ বুঝতে পারলাম মৃত্যু উপত্যকা থেকে ঘুরে এলো কৌশিক। আসলে ওখানে একটা শুকিয়ে যাওয়া ঝোরার রেখাপাত শুকনো পাতায় ঢাকা পড়েছে। সকলে হেঁটে গেছে ওই পথ দিয়েই কিন্তু কৌশিকের পা ঝোরার শুকনো উপত্যকার মধ্যে লুকিয়ে থাকা একটি গর্তে ঢুকে গেছিল কিন্তু ঈশ্বরের কৃপায় কোনো বিপদ হয়নি। পর্বত অভিযানে এটা খুব স্বাভাবিক। প্রতিমুহূর্তেই মৃত্যুকে কাছ থেকে উপভোগ করতে হয়। যাই হোক সামনে সবাই অনেকটা এগিয়ে গেছে তাই আমরা দুজন চলতে শুরু করলাম । পথের মধ্যে পাহাড়ি বাদাম কুড়িয়ে ব্যাগে রাখলাম হঠাৎ করে লক্ষ্য করলাম আমরা যে পাহাড়ের শিরা বরাবর হেঁটে চলেছি কিছুটা যাওয়ার পর মনে হল কেউ যেন পাহাড়টিকে উলম্বভাবে কেটে দিয়েছি। কাছাকাছি গিয়ে বুঝলাম সত্যিই তাই ,আমাদের সামনে এখন প্রায় দুশো মিটারের নব্বই ডিগ্রি খাড়া ঢাল। অবচেতন মনে মুখ থেকে বেরিয়ে গেল -হোক অনেকদূর কিন্তু অন্য কোনো কি রাস্তা নেই!!

সত্যিই কোনো রাস্তা নেই অর্থাৎ এদিক দিয়েই আমাদের নামতে হবে যা কিনা ভাবতেই পারছিনা । খাড়া ঢালের ঠিক ওপরে একটা গাছের গোড়ার দিকের অবশিষ্টাংশ আছে তার সাথে রোপ পেচিয়ে নিচে ঝুলিয়ে দেওয়া হলো। ওই রোপ ধরে ঝুলে পাহাড়ের গায়ে পায়ের সাপোর্ট দিয়ে নিচে নামতে হবে । যথারীতি দক্ষতার সাথে খুব তাড়াতাড়ি চার জন নেমে পড়ল। কাছাকাছি গিয়ে দেখলাম নিচের চারজনকে এত ছোট দেখাচ্ছে যে চেনাই যাচ্ছেনা। প্যারাফিটার নেই এমন দশতলা বিল্ডিং-এর একদম ধার থেকে নিচে তাকালে ঠিক যেমন মনে হবে এটাও তেমনই। এবার আমার পালা রোপ ধরে বিলে ফিক্স করে মনে ভীষণ আশঙ্কা নিয়ে ঝুলে পড়লাম। নীচ থেকে সুদীপ্ত এবং উপর থেকে কৌশিক আমাকে গাইড করছে ,অনেক সময় নিয়ে মাঝ পথ অব্দি নামার পর একটা ঝুলন্ত ঘাসের ঝোপের সঙ্গে আমার রোপ আটকে গেলো। যত বিপদ আমার ক্ষেত্রেই!! ওপরে কৌশিকের কোমরে হার্নেসের

সাথে একটা রোপ বিলে করা আছে কিন্তু ওই মুহূর্তটা আমার কাছে সত্যিই ভয়াবহ মুহূর্ত। কিছুতেই ঝোপ থেকে দড়িটাকে ছাড়ানো যাচ্ছে না। খাড়া দেয়ালে ঝুলে থাকতে বেশ কষ্ট হচ্ছে। ভয়ও লাগছে নিচের দিকে তাকানোর সাহস পাচ্ছিনা, ওপরে কৌশিকের সাথে কথা বলছি কিন্তু নিচ থেকে সকলে অনেক ইনস্ট্রাকশন দিচ্ছে সেদিকে কান দেওয়ার মতো পরিস্থিতি আমার নেই।

চারিদিকে সবুজ পাহাড় মাঝেমধ্যে ছোট ছোট ঝোরা, কেউ কোথাও নেই শুধু আমরা এগারো জন, জঙ্গলের পশু পাখির ডাক। আমাদের কথা প্রতিধ্বনিত হয়ে ফিরছে এই অকৃত্রিম সৌন্দর্যের পাহাড় থেকে বারবার। মোবাইল অথবা ক্যামেরার ছবিতে এই সৌন্দর্য কখনোই ফ্রেম বন্দি করা সম্ভব নয়। আংশিকভাবে কিছুটা সম্ভব হলেও চোখের ক্যামেরায় আর হৃদয়ের গভীরে এগুলো সযত্নে রাখতে হয়, যা আমৃত্যু স্মৃতির মণিকোঠায় বিরল হয়ে স্থান পায়। কিন্তু এখন মনে হচ্ছে আমি জীবন-মৃত্যুর মাঝামাঝি আটকে আছি। তাই আর কখনো আসবোনা এটাই প্রতিজ্ঞা, কিন্তু এটাও জানি এটা সাময়িক, কিছুদিন যাওয়ার পর পাহাড়ের আকুল হাতছানি আমায় অস্থির করে তুলবে বাকিদের মতোই। যাই হোক মনের মধ্যে এই অল্প সময়ে কত আশঙ্কা কত কথা উথাল পাতাল হয়ে গেল, এর মধ্যেই আটকে যাওয়া রোপটা খুলে গেল। মনে হলো নতুন প্রাণ ফিরে পেলাম। ডিসকভারি চ্যানেলে বেয়ার গ্রিলসকে রোপ বা অন্যকিছু ধরে নামতে দেখেছি খুব সহজেই, কিন্তু এখন বুঝতে পারছি ক্লাইম্বিং এর চেয়ে ডিসেন্ড অনেক বেশি ঝুঁকিপূর্ণ। মাঝে মাঝে হাফ ইঞ্চি জায়গাও থাকছেনা পা গ্রিপ করার জন্য। রোপটা ভীষণ শক্ত ভাবে ধরার জন্য আমার হ্যান্ডবার্ন হচ্ছে জেনেও আমি কিছুতেই রোপ হালকা করে ধরার সাহস পাচ্ছিনা। বরং মাঝেমাঝে ডান হাতের আঙুলে রোপটাকে জড়িয়ে নিচ্ছি। মনে সন্দেহ হচ্ছে কৌশিকের কোমরে হার্নেসে ঝোলানো রোপ নিয়ে যদি আমি ফল করি তাহলে তো কৌশিক সহ দুজনেই দুশো মিটার নিচে পড়বো। আমার এই ভীতির কারণ ট্রেনিং না নেওয়া এবং টেকনিক্যাল বিষয়গুলো সম্পর্কে অনভিজ্ঞ থাকা। অনেক সময় ধরে রোপ ছেড়ে যখন মাটিতে প্রথম পা রাখলাম তখন মনে হল-" যাক এ যাত্রায় বাঁচা গেল।" নিচে এসে পাহাড়ি বাঁশঝাড়ের শুকনো বাঁশপাতার চাদরে শুয়ে পড়লাম। কৌশিক ও সুদীপ্ত কিভাবে নামল সেটা আমার দেখা হয়নি। ভীষণ জল তেষ্টা পেয়েছে কিন্তু কারো কাছে এক ফোটা জল নেই। সকলে ধীরে ধীরে এগোতে থাকলো কৌশিক সুদীপ্ত

এবং আমি একটু বিশ্রাম নিয়ে তারপর যাবো। ওদিকে চঞ্চলের পায়ে সমস্যা দেখা দিয়েছে তাই ও রেস্ট না নিয়ে ধীরে ধীরে চলার সিদ্ধান্ত নিয়েছে। চঞ্চলের হাঁটা দেখেই পেছন থেকে বোঝা যাচ্ছে ওর ভীষণ কষ্ট হচ্ছে। কিন্তু এখন আমার জল চাই। কৌশিক বলল এমন সমস্যার কথা আগে থেকেই বুঝতে পেরে ও একটা ছোট্ট বোতলে জল রেখে দিয়েছিল। এবার একটা চকলেট খেয়ে অল্প করে জল খেলাম তিনজনে, আর কিছুটা বাঁচিয়ে রাখলাম কারণ রিভার বেডে না পৌঁছানো পর্যন্ত আমাদের সামনের পথে কোন জল পাওয়া যাবে না।

অনেকটা সময় কেটে গেল এবার আমরা চলতে শুরু করলাম। এবার আবার নতুন সমস্যা শুকনো পাতায় ভর্তি পথ পাহাড়ের গা ঘেঁষে সংকীর্ণ পথ দিয়ে খুব সন্তর্পনে হাঁটতে হচ্ছে। কারণ মাঝে মাঝে পা পিছলে যাচ্ছে। কখনো সরু বাস ধরে বা কখনো বিশেষ কোনো লতা ধরে ধীরে ধীরে এগোতে হচ্ছে চড়াই উতরাই দুর্গম পথ। অনেকটা পথ পেরিয়ে আসার পর দেখলাম সমনে ছোট্ট একটা সমতল পাহাড়ের ওপর আমাদের বাকি সদস্যরা বিশ্রাম নিচ্ছে। আমরা তিনজন গিয়েই ওদের ওখানে শুয়ে পড়লাম। বাড়ির পরিপাটি করা নরম বিছানার চেয়েও এ যেন আরো আরামদায়ক। যদিও পাহাড়ি কেন্নো ও অচেনা পোকামাকড় অনেক আছে কিন্তু ওরা ওদের মতো চলছে আমাদের কোনোরূপ বিরক্ত করছে না। হঠাৎ করে দেখি উদয় কোমর থেকে খুকরি বের করে পেছনের চড়াই এ উঠছে পেছন ফিরে দেখলাম বেশ কয়েকটা কলাগাছ ভীষণ মোটা এবং অনেক লম্বা তাতে একটা বড় বিচি কলার কাঁদি। সেখান থেকে দু একটি কলা পাড়ার চেষ্টা করল উদয়, কিন্তু এই গভীর জঙ্গলে হনুমান ও পাখিদের সুমিষ্ট খাবার নষ্ট না করার জন্য সকলে বারণ করলো।

দুপুর গড়িয়ে গেছে সবারই পেটে টান ধরেছে, সন্ধ্যার আগেই আমাদের পৌঁছতে হবে ওদলাবাড়ি। নইলে জঙ্গলের হিংস্রতা আমাদের গ্রাস করবেম প্রায় দুই ঘণ্টা হাঁটার পর আমরা খরস্রোতা নদীর ধারে এসে পৌঁছালাম। এটা সেই নদী যে নদী বক্ষ ভেদ করে গতকাল আমরা ইয়েলবং ক্যানিয়ন অভিযান শেষ করেছিলাম আজ দুপুর গড়িয়ে নদীর মাঝামাঝি জায়গায় পৌঁছালাম। হেঁটে নদী পার করলাম, তবে সন্তর্পনে। সবাই ব্যাগপত্র নামিয়ে কয়েকজন স্নানে নেমে পড়লাম। আর বাকিরা পাথরের উনুন বসিয়ে শুকনো ডালপালা জোগাড় করে মধ্যাহ্ন ভোজনের ব্যবস্থা করতে শুরু করল অর্থাৎ সেই বেঁচে থাকা বাকি অর্ধেক ম্যাগী। খরস্রোতা ঠান্ডা জলে দুদিন

পর স্নান করতে বেশ মজা লাগছিল তবে তেল, সাবান,শ্যাম্পু এসব কিছুই নেই, শুধু জলে নেমে স্নান। অনেকক্ষণ ধরে স্নান করলাম, এরপর ভেজা জামা কাপড় ব্যাগে থাকবে আরো দুদিন। জানিনা এই জল স্বচ্ছ হলেও ভেজা জামা কাপড় থেকে ভীষণ অচেনা বাজে গন্ধ বেরোচ্ছে। তাই এগুলো আলাদা প্যাকেটে রাখা হলো। ততক্ষণে রান্না হয়ে গেছে, মিটসেফ নিয়ে বসে পড়েছে বেশ কয়েকজন। আশিক বাকি কয়েকজনের জন্য কলা পাতা কেটে নিয়ে এলো। ভীষণ গরম কিন্তু ঠান্ডা হওয়া পর্যন্ত অপেক্ষা করা খুব শক্ত, কারণ বারো কিমি চড়াই-উতরাই অতিক্রম করে দীর্ঘ চৌদ্দ ঘণ্টা পর খেতে বসছি। দুদিকে খাড়া পাহাড়, নাম না জানা অনেক ফুল ফল, মাঝে খরস্রোতা, ছোট-বড় বিভিন্ন আকৃতির বোল্ডার, তার মাঝে আমাদের মধ্যাহ্নভোজন। খাওয়া শেষ হতে না হতেই আবার কৌশিক বলে উঠলো "প্যাক আপ"। ভীষণ ইচ্ছে করছে পাহাড়ের কোলে একটু ঘুমিয়ে নিতে কিন্তু উপায় নেই। সময় খুব কম তাই আবার শুরু হল পথ চলা। মাঝে দেখলাম সাইকেলে একটা বস্তা ভর্তি করে কয়লা নিয়ে যাচ্ছে। এরা কয়লা মাফিয়া হলেও সামান্য উপার্জনের জন্য ভীষণ কষ্ট করে।

রিভার বেডে বিশ্রাম

ঘিস নদী পার করে যখন ওদলাবাড়ি সড়কে উঠলাম তখন সন্ধ্যা ছটা বেজে গেছে। পথে সাপ ও লালমুখো বানরের সঙ্গে দেখা হয়েছিল, কিন্তু হাতি বা কোনো হিংস্র পশুর কবলে পড়তে হয়নি আমাদের। কারণ একটানা হেঁটে নির্দিষ্ট সময়ে

আমরা পৌঁছে গেছি। এখান থেকে আশিকের বাড়ি মাত্র চারশো মিটার। আমি কৌশিক, চঞ্চল ও পরিমল বাদে সকলেই হেঁটে চলে গেলো।কিন্তু এত পথ হেঁটে আসার পর এই সামান্য রাস্তা আর হাঁটতে ইচ্ছে করছে না। কুড়ি মিনিট অপেক্ষা করে টোটো করে পৌঁছালাম আশিকের বাড়িতে।

সবাই ফ্রেস হয়ে বিশ্রাম নেবে যে যার বাড়িতে। কিন্তু আমাদের দেরি করলে চলবে না। খুব তাড়াতাড়ি সব গুছিয়ে নিয়ে এখান থেকে নব্বই কিলোমিটার রাস্তা পাড়ি দিয়ে আমাদের পৌঁছতে হবে জলদাপাড়া অভয়ারণ্য । আমাদের জন্য অপেক্ষা করছে নির্জনতার গহন অরণ্য।

(সমাপ্ত)

নির্জনতার গহন অরণ্যে

সকলে একরাশ উল্লাস নিয়ে ওদলাবাড়ি বাজারের কাছেই আশিকের বাড়িতে হাত পা ধুয়ে বিস্কিট খেতে বসে গেল।আমাদের এখন রেস্ট নিলে চলবে না, কারণ দেড়শ কিলোমিটার ড্রাইভ করে পৌঁছাতে হবে জলদাপাড়া অভয়ারণ্য। ওখানে পরিমলের বন্ধু ভাতৃপ্রতিম ফরেস্ট রেঞ্জার অফিসার আরিফ আমাদের জন্য অপেক্ষা করে আছে।ওর বাংলোতে ইন্ডিয়ান গোটের মাংস ভাত খেয়ে আমরা থাকবো হলং বাংলোতে।

তখন রাত্রি দশটা। স্পেশাল গেস্ট হিসেবে জলদাপাড়া অভয়ারণ্যের মূল দরজা খুলে গেল আমাদের জন্য। খুব ধীরে আমাদের গাড়ি চলছে ফরেস্টের মধ্যে দিয়ে সরু রাস্তা ধরে। জঙ্গলের রাতের রাস্তায় এই প্রথম আমাদের পথ চলা । তাই মনের মধ্যে ভয় জড়ানো উৎকণ্ঠা থাকাটাই স্বাভাবিক। হঠাৎই সেই উৎকণ্ঠা বা সৌভাগ্যের সামনা সামনি হলাম। সামনে সম্পূর্ণ রাস্তাকে আড়াআড়ি গার্ড করে দাঁড়িয়ে আছে বিশালাকায় এক হাতি। দাড়িয়ে পড়লাম আমরা,এই সময় ওদের মস্তি পিরিওড চলছে, তাই ওরা ভীষণ হিংস্র। আমরা পঞ্চাশ মিটার দূরত্বে ওর জঙ্গলে নেমে পড়ার অপেক্ষা করছি। গাড়ি তখন ব্যাক গিয়ারে দেওয়া আছে। কৌশিক সামনের দিকে লক্ষ্য রাখছে আমি সম্পূর্ণ ঘুরে পেছনের দিকে লক্ষ্য রাখছি। মুহুর্তের মধ্যে দেখতে পেলাম আমাদের গাড়ির পেছনে দুটো চোখ জ্বলজ্বল করছে ইন্ডিয়ান গাউরের। একেই বলে শাঁখের করাত সামনে গজরাজ পেছনে সাদা মোজা পায়ে ভারতীয় বাইসন। আমাদের অপেক্ষা করা ছাড়া কোনো রাস্তা নেই । এটাও জানি মস্তি চলাকালীন এই হাতির ইচ্ছে হলে আমাদের গাড়িটিকে খেলনা গাড়ির মতো চটকে পিষে দেবে। সামনে হেডলাইট পেছনে ব্যাকলাইট, ভেতরে চারজন, সবার মনে ভীতসন্ত্রস্ত নীরবতা।

পাঁচ মিনিট, দশ মিনিট, পনেরো মিনিট এইভাবে সময় অতিবাহিত হচ্ছে, কিন্তু মনে হচ্ছে ঘন্টার পর ঘন্টা আমরা অপেক্ষা করে আছি। ব্যাক গিয়ারে রাখার

কারণ যদি হাতি মহারাজের আমাদের প্রতি ক্রোধ উথলে ওঠে, তাহলে পেছনের বাইসনকে পাশ কাটিয়ে গাড়ি ছুটবে পেছনের দিকে।যদিও সেই গতিবেগকে উপেক্ষা করে আমাদের থেতলে দেওয়ার ক্ষমতা রাখে পাহাড় প্রমাণ ওই হাতি। তবুও নিরুপায় পরিকল্পনা ওটাই। একটু পরেই ফরেস্ট ডিপার্টমেন্টের একটি গাড়ি এসে দাঁড়াল আমাদের সামনে। মনের ভয় কিছুটা লাঘব হল। পেছনের আগুনের মত চোখ দুটি তখন রাস্তার নিচে জ্বলছে। সামনে বুনো দাঁতাল রাস্তার উপরেই কয়েক পাক ঘুরলো তারপর ধীরে ধীরে জঙ্গলের দিকে নেমে গেল। সম্পূর্ণ স্বস্তির নিঃশ্বাস ফেলার সাহস হয়নি এখনো। এর আগেও নকশালবাড়ি কলেজে খায়েরকে জয়েন করাতে গিয়ে আমাদের বাংলোর সামনে একটা মাতাল হাতি দেখেছিলাম, যে ওই বাংলোর তার ও ঢালাই পিলার ভেঙে তছনছ করে দিয়েছিল। কিন্তু গভীর জঙ্গলে রাত্রের নিস্তব্ধতার মধ্যে সামনে দাঁতাল আর পেছনে বাইসনকে নিয়ে মাঝে অপেক্ষা করা, এ অভিজ্ঞতা এই প্রথম,যা আমাদের চারজনের সম্পূর্ণ শরীর মনকে কাঁপিয়ে দিয়েছিল।

পৌঁছালাম আরিফের বাংলোতে, মাটি থেকে শাল কাঠের পিলার দিয়ে উঁচু ঘর, কাঠের সিড়ি দিয়ে উঠে কাঠের মেঝেতে পা রেখে ফ্রেশ হয়ে বসার পর,এক কাপ চায়ে প্রাণ জুড়িয়ে গেল। আরিফ ও রুবিনা স্বামী-স্ত্রী দুজনের ঠিকানা এখন এই

ফরেস্ট বাংলো। আরিফের ব্যস্ততার মধ্যেও আমাদের প্রতি ওর আতিথেয়তা কোনদিন ভুলবার নয়। ফরেস্ট রেঞ্জার অফিসার থেকে কখন যে ও আমার বাড়ির পাশের গ্রামের ভাই হয়ে উঠেছে বুঝতেই পারিনি। এরপর রুবিনার সঙ্গে আমাদের পরিচয়

পর্ব করিয়ে দিল পরিমল। মজার বিষয় আমার কলেজ লাইফের প্রিয় বান্ধবী আফরোজা রুবিনার পিসিমনি। নতুন এক পরিচয়ে বেশ ভালো লাগলো।

খুব তাড়াতাড়ি ফ্রেস হয়ে নিলাম। রুবিনার যত্ন করে ডাইনিং টেবিল সাজিয়ে খেতে দেওয়া সঙ্গে ইন্ডিয়ান গোটের মাংস, সর্বোপরি বিগত দুদিনের প্রায় না খেয়ে থাকার পর সবাই ভীষণ খুশি। যদিও আমি খাদ্য রসিক নই তবুও মনে হল কতদিন পর তৃপ্তি করে খেতে পারব।ওদের দুজনের আতিথেয়তা সত্যিই কোনোদিন ভুলবার নয়। খাওয়া শেষ করে একটু এদিক ওদিক তাকালাম।কারণ আমাদের আসে পাশেই রয়েছে অনেক বন্যপ্রেম।

আমাদের গাড়িকে পথ দেখিয়ে নিয়ে চলল আরিফের ফরেস্ট ডিপার্টমেন্টের গাড়ি। আরিফের বর্তমান বাংলো বাড়িটি খুব ছোট এবং তার সাথে ওর অফিস ঘর তাছাড়াও রোমাঞ্চ পূর্ণ হলং বাংলোতে থাকার অনুভূতি আরিফ আমাদের দিতে চেয়েছিল। তাই আমাদের হলং বাংলাতে পৌঁছে দিয়ে আরিফ নাইট ডিউটিতে বেরোবে, অর্থাৎ জঙ্গলের কোর জোনের মধ্যে ঘুরবে, দেখবে সকলে ঠিকঠাক ডিউটি করছে কিনা, দেখবে বন্য পশুদের গতিবিধি, দেখবে হিংস্র চোরা শিকারিদের আনাগোনা আছে কিনা।শুনেই রোমাঞ্চ জাগে মনে। পশ্চিমবঙ্গের একশৃঙ্গ বিশিষ্ঠ গন্ডারের জন্য বিখ্যাত সবচেয়ে গভীর জঙ্গল জলদাপাড়া অভয়ারণ্য এখন আরিফের বাসভূমি, যেখানে সকলে কয়েক ঘণ্টা ঘোরার জন্য ব্যাকুল হয়ে ওঠে, সেখানে ওর সংসার।

পৌঁছলাম হলং বাংলো। জঙ্গলের মধ্যে সরকারি সুসজ্জিত হোটেল। ব্যাগ পত্র নামিয়ে ঢুকলাম ঘরের মধ্যে। বনের ছোঁয়া আছে বাংলোর কক্ষতে, বন্য জন্তুদের ছবি টাঙানো দেওয়ালে, পরিপাটি করে সাজানো বিছানা, চারিদিকে বেতের কাজ। ভারতবর্ষের বিভিন্ন প্রান্তে অনেক হোটেলে রাত্রি নিবাস করেছি কিন্তু এমন স্বপ্নের মত মৃদু আলোয় সজ্জিত ঘর দেখিনি আগে। ইকো ট্যুরিজমের প্রথম স্পর্শ অনুভব করলাম। জামা কাপড় বদলে সবাই বারান্দায় এলাম। সামনেই স্বচ্ছ জলের নদী, তার ওপারেই সল্ট-পিট। এই সল্ট-পিট হল একটা ফাঁকা জায়গার মাঝে কুয়োর মতো বাঁধানো একটি ছোট্ট জায়গা, যেখানে বনদপ্তর থেকে লবণ দেওয়া হয়। বন্য পশুরা ওই লবণ চাটতে এখানে আসে।সেই আশাতে আমরা অপেক্ষা করছি।জানি অনেকেই এমন অপেক্ষা করার পর নিরাশ হয়ে বাড়ি ফেরে। আমরা উৎসুক হয়ে বারান্দার

আরাম কেদারায় বসে এসব নিয়েই গল্প করছি। হঠাৎই রাত্রের নিস্তব্ধতার মধ্যে ভীষণ শব্দ আর পশুর ডাক শুনে আমরা সার্চলাইট জ্বালালাম।কি ওগুলো!! দেখি সামনে বেশ

ফ্রন্ট অফ হলং বাংলো

কয়েকটি বাইসন নিজেদের মধ্যে যুদ্ধ বাধিয়ে দিয়েছে। সেই শব্দ আর হিংস্রতা আমাদের বুক হিম করে দিল। তারপরই নিস্তব্ধতা নেমে এলো।আমরা চুপ করে সবাই তাকিয়ে আছি ঐদিকে। বনের নিস্তব্ধতার মধ্যে একটা অজানা ভয় আছে তা ভাষায় ব্যক্ত করা যায় না। বন্য দাঁতালের পথ অবরোধ, বাইসনের যুদ্ধ আমাদের সুপ্রসন্ন ভাগ্যকেই চিহ্নিত করে। এখানেই শেষ নয় কিছুক্ষণ কাটতে না কাটতেই কৌশিক বলে উঠলো 'ওই দেখো...' দেখতে পেলাম দুটো বড় একশৃঙ্গ গন্ডার এর সাথে চারটে বাচ্চা সল্ট-পিটের ধারে এসেছে। অব্যক্ত ভালোলাগা। রাজ্যের মধ্যে যার জন্য বিখ্যাত জলদাপাড়া অভয়ারণ্য এ সেই ওয়ান হর্ন রাইনো।

একশৃঙ্গ বিশিষ্ট গন্ডার

অনেক রাত হয়ে গেছে এবার আমাদের ঘুমোতে হবে। কাল ভোর বেলায় ফরেস্টের গাড়ি আসবে আমাদের ঘোরাতে নিয়ে যেতে। পরিমল আর চঞ্চল একটা ঘরে আর আমি কৌশিক আরেকটা ঘরে শুয়ে পরলাম। ভাবতে ভালো লাগছে চারিদিক গহন জঙ্গল তারমাঝে লেপার্ড, হাতি, গন্ডার, বাইসন, ময়াল, ময়ূর ইত্যাদি কত বন্যপ্রাণী তাদের নিস-এ মানুষের হিংস্রতা মুক্ত হয়ে ঘোরাফেরা করছে। সেই অরন্যের জীব বৈচিত্রের কোলে আমরা পরম সমাদরে সুরক্ষার প্রাচীরে ঘেরা বনবীথির প্রান্তে অরণ্য কুঞ্জে ঘুমোতে চলেছি।

ভোরবেলা পাখির ডাকে আমাদের ঘুম ভাঙলো। বাইরের ঝোলা বারান্দায় এসে দেখি সামনে স্বচ্ছ জলের নদী। এই নদীতে প্রচুর সুস্বাদু বোরোলি মাছ আছে। চাইলে হাত দিয়েই ধরা যায়, কিন্তু এখানে সমস্ত রকম প্রাণীই নিরাপদ আশ্রয়ে থাকে, তাদের কোনরূপ বিব্রত করা আইনত দণ্ডনীয় অপরাধ। নদীর দুই পাশে শুধু সবুজ আর

সবুজ। নেই মানুষের কোলাহল, নেই গাড়ির হর্নের শব্দ, শান্ত নীল আকাশ, মন উদাস করা পরিবেশে কোথায় যেন হারিয়ে গেছিলাম। হঠাৎ করে পরিমল বললো দাদা রেডি হয়ে নাও আরিফ গাড়ি নিয়ে আসছে, আমাদের বেরোতে হবে। এরমধ্যেই আমাদের জন্য স্ন্যাক্স আর মাটির কাপে চা দিয়ে গেছে। বন্ধুবর খায়েরের জন্য মন খারাপ করছে ,নতুন চাকরিতে জয়েন করার জন্য ও আমাদের সাথে আসতে পারেনি। কিন্তু জানি বাড়ি ফিরে আমাদের মুখে গল্প শুনে ভীষণ কষ্ট পাবে, কারণ এই প্রথম বাধ্য হয়ে ওকে বাদ দিয়ে আমরা বেরিয়েছি। তাড়াতাড়ি রেডি হয়ে নিলাম। গাড়ি আমাদের জন্য নিচে অপেক্ষা করছে,আরিফ এসে গেছে।

রওনা দিলাম জঙ্গলের মধ্যে। আমাদের ভাগ্য সুপ্রসন্ন যেমন তেমনি আরেকটি পাওনা আরিফ জানে কোথায় কারা আছে। প্রথমেই দেখলাম মস্তি হওয়া একটি দাঁতালকে আটকে রাখা হয়েছে নিরাপদ স্থানে। কারণ ওদের মস্তি প্রতিবছর আসে কিন্তু মেয়ে হাতিদের মস্তির সময় আসে প্রায় দশ বছর পর। এই জন্য মেয়ে হাতিদের রক্ষা করতে ওকে আটকে রাখা হয়েছে। পায়ে শিকল বেঁধে একটা লোহার গম্বুজের সাথে আটকে রাখা হয়েছে।শিকল বাঁধা অবস্থায় ক্রমাগত একটা ছন্দে এক স্টেপ এগোচ্ছে আর পেছনে যাচ্ছে,বাঁধন খোলার আপ্রাণ প্রচেষ্টা।যেতে যেতে কত শত পাখি, ময়ূর, কচ্ছপ দেখছি আর বনের অতীত ও বর্তমান ইতিহাস শুনছি আরিফের কাছে।

কয়েকদিন আগে তিস্তা নদীতে ভেসে গেছিল হাতির দুটো বাচ্চা। বনদপ্তর থেকে তাদের উদ্ধার করা হয়েছে। ভাই বোন দুজনের নাম রাখা হয়েছে বীর ও পারমিতা। একজন মাহুত ওদের দেখাশোনা করছে।আপাতত ওরা ল্যাকটোজেন খায়। কাছ থেকে ওদের দেখলাম। বড্ড মিষ্টি লাগছে ওদের দেখতে। দুজনেই আমাদের কাছে আসতে চাইছে কিন্তু ওদের সুরক্ষার কথা ভেবেই ওদেরকে রাখা হয়েছে একটি ছোট মাঠের চারিদিকে বেরিকেট করে। তারপর করোনা ভাইরাসের কথা ভেবেও ওদের সকলের সংস্পর্শ থেকে আলাদা রাখা হয়েছে।পাশেই উঁচু একটি বড় টিনের ঘরে আরো চারটে হাতি। এরা সাফারি করে। কিন্তু এখন করোনার জন্য শুধু হুড খোলা গাড়ি সাফারি হচ্ছে, হাতি সাফারি বন্ধ। এই প্রসঙ্গে মনে পড়ে গেলো গরুমারা জাতীয় অরণ্যের দক্ষিণ বনাঞ্চল মেদলা ক্যাম্পের সাফারির হাতি গুলো দেখে খায়েরকে প্রশ্ন করেছিলাম এদের কি করে পোষ মানায়! এর উত্তর শুনলে অবাক হতে

হয়। পোষ মানানো হাতি গুলোর মধ্যে একটা মেয়ে হাতিকে বিশেষভাবে ট্রেনিং দেওয়া হয়।সেই হাতিটিকে বলা হয় 'কুনকি হাতি'। এর কাজ হল জঙ্গলের মধ্যে গিয়ে পুরুষ হাতিকে তার প্রেমের মোহে ভুলিয়ে জঙ্গল থেকে মাহুতের জালে ফাঁসানো। বাহবা দিতেই হয় যিনি এই ট্রেনিং দেন তাকে এবং 'কুনকি'র বুদ্ধিকে।

ধনেশ পাখি

এত প্রাকৃতিক সৌন্দর্য, দূষণমুক্ত পরিবেশ, শান্তির নীরবতা, তার মাঝে ঝিঁঝিঁ পোকার ডাক, সবুজের সমারোহ, অচেনা অর্কিডের রূপের বাহার, হারিয়ে যাওয়া বনফুল, কত যুগের স্মৃতি নিয়ে দাঁড়িয়ে থাকা বৃক্ষরাজি, অরণ্য বাস্তুতন্ত্রের মুক্ত জীবন... এরই মাঝে নিশ্ছিদ্র প্রহরাকে উপেক্ষা করে, চৈনিক দক্ষ সুটার চোরা

শিকারীর গুলি করে মেরে ফেলে গন্ডারের শৃঙ্গ কেটে নিয়ে যাওয়ার কথা শুনে মন ভারাক্রান্ত হয়ে গেল। গন্ডারের এই শৃঙ্গ দিয়ে জীবনদায়ী ঔষধ তৈরি হয় বলে চীনাদের ভুল বিশ্বাস। আর তারজন্যই আমাদের হারাতে হচ্ছে অনেক একশৃঙ্গ বিশিষ্ট গন্ডারকে। আমাদের সামনে হঠাৎ করে যদি চিতাবাঘ এসে পড়ে তবে তার চোখে চোখ রেখে একটি বিশেষ পদ্ধতি অবলম্বন করলে চিতাও ফিরে যাবে কিন্তু এই চোরা শিকারিদের অমানবিক হিংস্রতা পশুর হিংস্রতাকেও হার মানায়। মানুষের এই পাশবিক অত্যাচারের জন্য আজ অনেক বন্যপ্রাণ রেড ডেটা বুকে স্থান পেয়েছে।

সকালের সোনালী রোদ জঙ্গলের গাছপালা ভেদ করে মাটি স্পর্শ করছে। বন্যপ্রাণ গুলোকে তাদের নিজস্ব আবাসস্থলে দেখার মধ্যে যেমন একটা রোমাঞ্চ কাজ করে, তেমনি জঙ্গলের নিজস্ব শব্দের মাঝে নিঃশব্দ সবুজের সমারোহ ভেদ করে সাপের মত মেঠো পথ ধরে ধীরে ধীরে এগিয়ে চলা, এ আরেক রোমাঞ্চকর অনুভূতি। অত্যাধুনিক দামি ক্যামেরা কখনোই এই সৌন্দর্যকে বন্দী করতে পারেনা,একমাত্র হৃদয়ের ক্যামেরা স্মৃতির ঝাঁপিতে সযত্নে রাখতে পারে তাকে।

এখন আমরা ফিরে যাব বাংলোতে কারন আজ দুপুরে আমাদের রেস্ট নেওয়াটা খুবই জরুরী। বিগত চার দিন প্রচুর পরিশ্রম হোয়েছে,রাতে ঠিক করে ঘুমও হয়নি। দুপুরে মাছের ঝোল, ফরেস্ট ভিলেজার্সদের দেওয়া দেশি মুরগির মাংস ভাত খেয়ে আমরা ঘুমোলাম। এত গভীর ঘুম আমার কখনো হয়না কিন্তু আজ বিছানায় শোয়া মাত্র ঘুমিয়ে গেলাম। বিকেল চারটের সময় কলিং বেলের শব্দে আর সুগন্ধি চা এর ডাকে ঘুম ভাঙলো। চা খেয়ে ফ্রেশ হয়ে বাংলোর সামনে বয়ে যাওয়া নদীর বাঁধানো ঘাটে গিয়ে বসলাম। নদীর এপার থেকে ওপার একটা গাছের গুড়ি স্বাভাবিক ব্রিজ তৈরি করে দিয়েছে। খুব সন্তর্পনে জীবাশ্মের মত ওই গাছের ওপর আমি, কৌশিক ও পরিমল ক্যামেরাবন্দি হতে গেলাম। সত্যিই তো কত বোরোলি মাছের ঝাঁক স্রোতে গা ভাসিয়ে চলছে। গোধূলি বেলা এখন। সামনেই সল্ট পিক আর এই সময়ই বন্যেরা বিশ্রাম শেষ করে বেরিয়ে পড়ে। গাছের ডাল থেকে দুটো ময়ূর তীক্ষ্ণ কেকা রবে সামনের ফাঁকা মাঠে পেখম তুলে তার রুপ দেখিয়ে গেল। এর আগে রাজস্থানে আমার এক দিদির বাড়ির ছাদে খাবার ছিটিয়ে ময়ূরের নাচ দেখেছি, কিন্তু একই কথার পুনরাবৃত্তি করলেও এটা বাস্তব বন্যেরা বনে সুন্দর আর বনে তাদের সৌন্দর্য অতুলনীয়।

নদীর এপারে বাঁধানো সিঁড়িতে বসে সবুজের সৌন্দর্য দেখতে দেখতে এখন থেকেই মনে কষ্ট হচ্ছে, এই স্বার্থহীন নির্জনতাকে ত্যাগ করে আগামীকালই আমাদের ফিরে যেতে হবে আত্মকেন্দ্রিক কোলাহলে । না না জীবনের প্রতিটি মুহূর্ত উপভোগ করার সময় ভবিষ্যতের যন্ত্রণাকে মনে করাটা একদমই বোকামি। তাই এই অভয়ারণ্যের মাঝে উদাসী মনকে ফিরিয়ে আনলাম। নদীর জলের শব্দের ওপারে কারো দেখা পাবার আশায় চোখ স্থির করে বসে আছি। হঠাৎই সবাইকে অবাক করিয়ে রাজকীয় পদক্ষেপে, গাম্ভীর্যের মুখাবয়ব নিয়ে, নির্ভীক পুরুষত্বের ঘেরাটোপে প্রবেশ করলেন সুদর্শন চিতাবাঘ। সল্টপিটে মুখের স্বাদ পরিবর্তন করতে এসে আমাদের ভাগ্য সুপ্রসন্ন করে মুগ্ধ করলেন তার জ্বলন্ত চোখের দৃষ্টি দিয়ে। হয়তো আমাদের জন্যই বেশিক্ষণ না থেকে ফিরে গেলেন জঙ্গলে। উনাকে দেখার সৌভাগ্য সকলের হয় না। ইয়েলবং ক্যানিয়ন সামিট থেকে শুরু করে, দিন-রাত্রির জলদাপাড়া কখনোই আমাদের মুখ ফেরায় নি।

অন্ধকার হয়ে গেছে এখন বাইরে থাকাটা ভীষণই রিস্কের । বাংলাতে ফিরে গেলাম। কৌশিকের সাথে বসে লাদাখ এর ইউনাম বা পোলোগঙ্কা পিক অভিযানের পরিকল্পনা করলাম এবং ভাবনায় রইল আমাদের অভিযানের সাথে বার্তা থাকবে সবুজ কে বাঁচানোর।

যাইহোক রাত দশটা বেজে গেছে। ডিনার রেডি আমাদের জন্য অপেক্ষা করছে মধ্যরাতের জলদাপাড়া অভয়ারণ্য। রাত্রি তখন বারোটা দুজন বন্দুকধারী সেপাই কে নিয়ে আরিফের গাড়ি এসে পৌঁছলো আমাদের অরণ্য বাংলোর সামনে। প্রত্যেকের শরীর শিহরিত, স্বপ্নের কোর ফরেস্টে দৃষ্টি রাখতে চলেছি বাস্তবে। ভাবনার জগৎ থেকে বেরিয়ে মধ্যরাতের গহন জঙ্গলে প্রবেশ করতে চলেছি । পরিমল হঠাৎ গায়ে চিমটি কেটে উঠলো, বললাম "কি হলো?" ও বলল - না দেখলাম আমরা বাস্তব জগতে আছি না স্বপ্নের ঘোরে আছি । এবার গাড়িতে উঠলাম। সামনে আরিফের হাতে এবং পেছনে বন্দুকধারী সেপাই এর হাতে সার্চলাইট এবং জানালার দুই পাশে দুটো সার্চলাইট। ড্রাইভার গাড়ি প্রথম গিয়ারে ফেলল চাকা গড়িয়ে চললো জঙ্গলের অন্ধকার পথকে আলোকিত করে। কিছুক্ষণের মধ্যেই পৌঁছে গেলাম অরণ্যের মধ্যেই একটি জলাশয়ের ধারে। আরিফ বললো গাড়ি থামাও। আমরা উৎসুক ভীতি নিয়ে সামনে তাকালাম। হয়তো সেই দুটো বড় গন্ডার ও চারটি বাচ্চা গন্ডার জঙ্গল থেকে রাস্তার

দিকে উঠে আসছে। আরিফ বললো ওরা রাস্তা পার হয়ে ওপারের কচু বনে যাচ্ছে। আমাদের গাড়ির হাই বিম আলোকিত করে রেখেছে রাস্তাকে। হয়তো তারই জন্যে ওরা দাঁড়িয়ে পরল রাস্তার ওপরে। আমরাও মুগ্ধ দৃষ্টিতে দেখতে লাগলাম সেই একশৃঙ্গ বিশিষ্ট মধ্যরাতের জঙ্গলের নিজের বাসস্থানে থাকা গন্ডারের সৌন্দর্যকে। বড় গন্ডার গুরুগম্ভীর দৃষ্টি নিয়ে আমাদের দেখল বেশ কয়েক বার। এইভাবে প্রায় বেশ কিছুটা সময় আমাদের অজান্তে ওরা কাটিয়ে দিল তারপর ধীর পায়ে নেমে পড়লো কচুবনের দিকে।

ডানদিকে সার্চলাইট জ্বালিয়ে আমাদের গাড়ি ওদেরকে শেষবারের মতো দেখতে দেখতে এগিয়ে চলল। কিছু দূর গিয়েই একটা ফাঁকা জায়গার মধ্যে দিয়ে আমাদের গাড়ি দাড়ালো। আরিফ এবং কনস্টেবল দুজন নেমে গেল। সামনে একটা ছোট্ট ঘর আর তার পেছনে অল্প কয়েকটি সিঁড়ি উঠে গিয়ে রেলিং দেওয়া খোলা বারান্দা, ছোটখাটো ওয়াচিং টাওয়ারের মত। ওখান থেকে একজন কনস্টেবল ফিরে এসে বলল," স্যার আপনাদের আসতে বললেন।" নিজেদের একটু হালকা করতে আমি ও কৌশিক স্বাভাবিক অভ্যাস মত ওই ছোট্ট ঘরের পেছনের দিকে গিয়ে সবে শুরু করেছি হঠাৎ গার্ড চিৎকার করে বলল - স্যার তাড়াতাড়ি এদিকে চলে আসুন আপনারা। ফিরে এসে শুনলাম মানুষের ক্রিয়াকলাপ জনিত লবণের আস্বাদন আছে ওই মাটিতে, তারই টানে বন্যপ্রাণীরা ওখানে প্রায় রোজই আসে। কিছুক্ষণের মধ্যেই তার সত্যতা প্রমাণ করে আমাদের শরীর শুন্য করে দিল। বারো ফুট হাইটের ওয়াচ টাওয়ারে উঠে দেখলাম আমাদের দাঁড়িয়ে থাকা ওই জায়গাতে বাইসনের ঝুন্ড। নিমেষের মধ্যে কোথা থেকে এতগুলো বাইসন এল বুঝতেই পারলাম না। ওর ঠিক ডানদিকে থকথকে জেলির মত কাদায় পূর্ণ একটি অবনত জায়গায় দেখলাম দুটি গন্ডার কর্দমাক্ত অবস্থায় নিজেদের মধ্যে ভাব বিনিময়ে ব্যস্ত। এর মধ্যেই দল থেকে একটি বাইসন ছুটে গিয়ে একটি গন্ডারকে আক্রমণ করল । আমাদের পাওয়ারফুল টর্চের আলো তখন তাদের দিকে। মধ্যরাতের জঙ্গল কাঁপানো শব্দে তারা যুদ্ধে লিপ্ত হয়েছে। তাদের এই যুদ্ধে শামিল হচ্ছে না অন্য কোন বাইসন বা পাশের গন্ডারটি । আমাদের পলক পরছে না। বন্যপ্রেম, স্নেহ দেখেছি আমরা কিন্তু এমন হিংস্রতা দেখিনি, রীতিমত মারণ যুদ্ধে লিপ্ত তারা । ফরেস্টের প্রহরীরা ওদের থামানোর জন্য মুখ থেকে অনেক রকম শব্দ নিঃসৃত করলেও তাদের সেদিকে কোনো ভ্রূক্ষেপ নেই।

এমন যুদ্ধের পরিসমাপ্তি ঘটে এক পক্ষের মৃত্যুতে গিয়ে কিন্তু সেই বেদনাদায়ক মুহূর্তের সাক্ষী হতে চাইনা আমরা, হয়তো তারই জন্যে আকারে ছোট গন্ডারটি তার একশৃঙ্গের শক্তি দিয়ে বাইসনটিকে তুলে ফেলে দিল পাশের ঝোপঝাড় পূর্ণ জলাশয়টিতে । জলের মধ্যে ভারী বস্তু পতনের শব্দ পেলাম। গন্ডার দুটি পাশের জঙ্গলে আমাদের দৃষ্টির বাইরে চলে গেল । আবার সব নিস্তব্ধ। ঝিঁঝিঁ পোকার ডাক আমাদের স্বপ্নের রেশ কাটিয়ে দিল। আসলে এতক্ষণ আমরা ভয়হীন বুকে, উৎকণ্ঠার চরম পর্যায়ে, নিষ্পলক দৃষ্টি নিক্ষেপে যেন কোন স্বপ্নের জগতে হারিয়ে গেছিলাম । জলদাপাড়া অভয়ারণ্যে একশৃঙ্গ বিশিষ্ট গন্ডার দেখতে বহু দেশি ও বিদেশি পর্যটক ছুটে আসে এই জঙ্গলের বাফার্সজোনে। কিন্তু কোরজোন বা কেন্দ্রীয় বনাঞ্চলে প্রবেশ করার সৌভাগ্য হয়না সকলের। এই অরণ্যের দিন-রাত্রির সবুজের আবাহন বা অবর্ণনীয় শব্দ মন্ডিত রাত্রির নির্জনতা মনকে উদাস করে অথবা ভয় জড়ানো অভিযানকে সফল করে। অরন্যের গভীরতার মধ্যে যেমন প্রকৃতির অসীম ভালোবাসা লুকিয়ে আছে তেমনি একটি নিরব মায়ার টান আষ্টেপৃষ্ঠে জড়িয়ে ধরতে চায় হৃদয়কে। মাইলের পর মাইল পার্বত্য জঙ্গলে হেঁটেছি অনেক কিন্তু জলদাপাড়া অভয়ারণ্যের প্রেম ভুলতে পারবোনা কখনো। বন্য জন্তুদের স্নেহ,ভালোবাসা বা হিংস্রতা হৃদয়ের ঝাঁপিতে সযত্নে থাকবে চিরদিন।

মনে হয় আরিফের চাকরিটা বেশ সুখের। পশ্চিমবঙ্গের একটি বৃহৎ অভয়ারণ্য জলদাপাড়া তার মাঝে আবার হলং সেক্টর। দূষণ ও কোলাহলমুক্ত এই পরিবেশে কাটানো অন্যান্য কর্মসংস্থানের চেয়ে সত্যিই রোমাঞ্চকর । কিন্তু বন্ধুবান্ধব, পরিবার সকলকে ছেড়ে দিনের পর দিন নিভৃতবাস কষ্টদায়কও বটে। উঁচু বাংলোর বাইরের একটি ঘর আরিফের অফিস । তবুও ফরেস্ট সিকিউরিটি দের তত্ত্বাবধানের জন্য দিন বা রাত্রের বেশ কিছুটা সময় বা অফিসে থাকলেও রুবিনার একাকীত্বটা দূর করে মোবাইল নামক যন্ত্রটি। কোনো চিতাবাঘের বয়স বাড়লে ফরেস্ট অফিসারদের মানসিক চাপও বাড়ে। বয়স্ক চিতাবাঘ জঙ্গলের হরিণ অথবা বুনো শুকর ধরার পরিশ্রমকে লাঘব করতে আক্রমণ করে ফরেস্ট ভিলেজার্সদের গ্রামে। অপেক্ষাকৃত কম পরিশ্রমে তাদের পোষা শুকর বা ছাগল শিকার কর বেশ সহজ । শুধুমাত্র একটু সাবধানতা অবলম্বন করলেই হয়। এই বুড়ো চিতা বাঘেদের গ্রামে আক্রমণের কোন নির্দিষ্ট সময়ও থাকেনা। তখন ফরেস্ট ভিলেজার্সদের রোষানলে পড়তে হয় আরিফের মত অফিসারদের। ব্যাংকের কঠোরতম সুরক্ষার মধ্যেও মাঝেমাঝেই ডাকাতির খবর শুনতে পাই আমরা । অথচ উন্মুক্ত বিশালাকার অরন্যের মধ্যে চীনা শুটারদের গুলিতে গন্ডারের মৃত্যু হলে তার সমস্ত দায়ভার এসে পড়ে এই অফিসারদের ওপর। কোথাও যেন খারাপলাগা কাজ করে।

যাইহোক, পাঠকদের আর অপেক্ষা না করিয়ে ছোট ওয়াচিং টাওয়ারকে পাশ কাটিয়ে, দৈত্যাকার অর্কিড কে স্পর্শ করে অন্য আরেকটি মেঠো পথের ওপর দিয়ে আমাদের গাড়ি এগিয়ে চললো। কিছুটা দূরে যাওয়ার পর হঠাৎ করে গাড়ি দাঁড়িয়ে পরলো। গাড়ির চালক হাই বিমকে লো করে দিলো। রাস্তার ওপরে মনে হচ্ছে একটি বড় বাম্পার রয়েছে। আরিফ বললো- দাদা সত্যি আপনাদের কপাল খুব ভালো দেখুন সামনে এক মস্ত ময়াল। তাড়াহুড়ো করে গাড়ি থেকে নামবো ভাবছি কিন্তু আরিফের বারণে থেমে গেলাম। বুঝলাম এখানে নামাটা নিশ্চিত বিপদজনক। দীর্ঘাকায় সাপটি সদ্য কিছু একটা গিলেছে, যার জন্য পেটের একটা অংশ বিক্ষিপ্ত ভাবে বেশ ফুলে আছে। তাই খুব ধীর গতিতে রাস্তা পার হচ্ছে। জঙ্গলের নীরবতাকে ভঙ্গ করে কোনো বন্যপ্রাণ কে কষ্ট দেওয়ার অধিকার আমাদের নেই। তাই এখানে হর্ন বাজানো নিষিদ্ধ। আর সেটার প্রয়োজনও নেই। কারণ এসব দেখার মধ্যেই আমাদের সফলতা। হঠাৎ করে আমার মনে পড়লো কতক্ষণ ধরে আমরা সকলে ময়ালের দিকে

অপলক দৃষ্টিতে তাকিয়ে আছি ! এবার পেছনের ও পাশের কাচের দিকে ভয় জড়ানো দৃষ্টিতে তাকালাম।না ভয়ের কিছু নেই। আবার গাড়ি এগিয়ে চললো।

নলবন, কচুবন, ছোটজলা এসব পাশ কাটিয়ে ধীর গতিতে আমাদের গাড়ি এগিয়ে চলার মাঝে আরিফ বলে যাচ্ছে জঙ্গলের পশুদের কিভাবে নামকরণ করা হয়, কোন পশু মারা গেলে কিভাবে তাকে দাহ বা মাটিতে চাপা দেওয়া হয়,কিভাবে পশু গণনা করা হয়। এরমধ্যে একটি মজার বিষয় গন্ডার গণনার ক্ষেত্রে বনদপ্তরকে খুব বেশি কষ্ট করতে হয় না। কারণ একটি বিস্তীর্ণ এলাকার সকল গন্ডার একটি নির্দিষ্ট জায়গায় এসেই মলত্যাগ করে। তাই ওই নির্দিষ্ট জায়গা থেকে গন্ডারের মলের নমুনা সংগ্রহ করে পরীক্ষাগার থেকে তুলনামূলক কম দৈহিক পরিশ্রম করে তাদের সংখ্যা নির্ণয় করা যায়।

জয়ন্তী রিভার

ইতিমধ্যে আমরা পৌঁছে গেছি বেশ উঁচু কাঠের তৈরি ওয়াচিং টাওয়ারের কাছে। টাওয়ারের নিচে একটি সাইকেল রাখা রয়েছে এবং তাতে জিপিএস লাগানো আছে। এই সাইকেল চালিয়ে জঙ্গল পরিদর্শন করে ফরেস্ট ভিলেজার্সরা । এই বনবাসীদের গতিবিধি বোঝার জন্য এই ব্যবস্থা। বর্তমান সরকারও এই ফরেস্ট

ভিলেজার্সদের জন্য বেশকিছু ভালো ব্যবস্থা করেছেন । বন্যপ্রাণী আইন প্রণয়ন করে যেমন পশু শিকার বন্ধ করা হয়েছে, তার পাশাপাশি জঙ্গলের বিভিন্ন দায়িত্বে এদের সবেতন কাজ দেওয়া হয়েছে। গরুমারা অভয়ারণ্যেও দেখেছি গাড়ি সাফারি করে কিছুটা যাবার পর, শুধুমাত্র ফরেস্ট ভিলেজার্সদের কথা মাথায় রেখে কিছুটা রাস্তা গরুর গাড়ি করে সাফারি করে ওয়াচিং টাওয়ারে পৌঁছাতে হয়। এতে ওদের যেমন আর্থিক চাহিদা মেটে, তেমনি পর্যটকরাও গরুর গাড়িতে চেপে প্রাচীন রাজকীয়তা অনুভব করে। মেয়েদের জন্য ঘরে বসে কাজের ব্যবস্থাও আছে। 'কার সাফারি' করার জন্য টিকিট নেওয়ার সময় প্রত্যেক পর্যটককে দুই প্যাকেট 'বনের ধুপ' নামের ধূপকাঠি কিনতে হয় । যার লভ্যাংশ পৌঁছে যায় ফরেস্ট ভিলেজার্সদের সংসারে।

ওয়াচিং টাওয়ারের উপর থেকে প্রহরী তার আঞ্চলিক ভাষায় কিছু একটা বললো, পরে আরিফের কাছে শুনলাম হাতির দলের গতিবিধির খবরা-খবর দিলো। ইতিমধ্যে মধ্যরাত্রি পার করেছি কয়েক ঘণ্টা আগেই কিন্তু উৎকণ্ঠা আবেগ জড়িত নির্জনতার গহন রাত্রি অরণ্য, বিপদ সংকুল ভয় জড়ানো দৃষ্টি দীর্ঘসময়কে অনুভব করতে দেয়নি। রাত জাগা চোখে আজ কোন ক্লান্তি নেই। ফিরছি আমরা বাংলোর পথে। পেছনের সময়গুলো মনটাকে টেনে রাখতে চাইছে। কিন্তু আমরা পৌঁছে গেছি বাংলোর গাড়ি-বারান্দায়। এবার আমরা ঘরের দিকে এগোলাম। আরিফ আরো কয়েকটি ওয়াচিং টাওয়ার হয়ে ওর শক্ত কাঠের স্তম্ভের ওপরে কাঠ নির্মিত বাংলোতে পৌঁছবে। আমি ও কৌশিক ফ্রেশ হয়ে ইকো- টুরিজম এর নরম বিছানায় গা এলিয়ে দিলাম। শরীরের ক্লান্তি বিষন্ন চোখের পাতাকে এক হতে দিচ্ছে না।

স্বপ্নের আবেশ! নাকি ঘুমের ঘোর! নয়তবা উৎকণ্ঠার সময়গুলো ভাবতে-ভাবতে কানের মধ্যে প্রবেশ করলো অচেনা কোন পাখির ডাক।

রাত শেষ হয়ে ভোরের জঙ্গলে কারো বিশ্রাম অথবা কারোর জেগে ওঠার সময় হয়ে গেছে। ঘুম জড়ানো চোখে বাইরের খোলা বারান্দায় এসে দাঁড়াতেই সল্ট পিটের পাশের গাছ থেকে কেকা রবে একটি ময়ূর উড়ে এসে নিচে নামলো। ময়ূরের ডাক কর্কশ হলেও তার উড়ে আসা আমার হৃদয়কে নাড়া দেয়, সেখানে কর্কশ ধ্বনি প্রাধান্য পায় না। হঠাৎই কৌশিক পর্বত অভিযানের ভাষায় বলে উঠলো 'প্যাক-আপ-এন্ড-মুভ'। কথাটা শোনার সাথে সাথে মনের ভিতর কেমন একটা কষ্ট অনুভব করলাম। এবার আমাদের ফেরার পালা। খুব তাড়াতাড়ি ফ্রেশ হয়ে আরিফের বাংলোর

গেটে পৌঁছালাম। গেট লাগোয়া কাঠের ব্রিজ, নিচে স্বচ্ছ জলের নদী প্রবাহিত হচ্ছে। আসলে কাঠের ব্রিজটার ওপর দিয়ে আমরা ইচ্ছে করে হেঁটে যেতে চাইছি। কারণ চারিদিকে সবুজের মধ্যে নদীর ওপর বহু পুরনো কাঠের ব্রিজের উপর হাঁটাও একটি ভালোলাগা। ব্রিজ শেষ করে কাঠের লম্বা দরজা, দারোয়ান দরজা খুলে দিলো। আমরা ঢুকলাম বাংলোর ছোট্ট মাঠটিতে। আমার সিলভার কালারের হুন্ডাই এক্সসেন্ট টা ধুলো কাদা মেখে অন্য রূপ নিয়েছে। মনে পড়ে গেল রোজ সকালে ঘুম থেকে উঠে বাবা খুব যত্ন করে গাড়িটা পরিষ্কার করে ধূপকাঠি ঘোরায়। কিন্তু আমার সফরসঙ্গী হলে শনিবারের নিরামিষ খাওয়া অথবা গাড়িতে ধুপ দেখানো বাড়িতেই ছেড়ে আসতে হয়।

রুবিনা আমাদের জন্য সকালের টিফিন রেডি করে রেখেছে। আরিফেরও জরুরী মিটিং আছে। সবাই একসাথে প্রাতঃরাশ সেরে ওদের দুজনের আজকের দিনটি থেকে যাওয়ার অনুরোধকে উপেক্ষা করে বেরিয়ে পড়লাম। জলদাপাড়া অরণ্যের বুক চিরে মন খারাপের কষ্ট নিয়ে সেই অর্কিড,আকাশ ছোঁয়া গাছ, ফরেস্ট ভিলেজার্সদের ছয় বা আট পায়ে দাঁড়িয়ে থাকা বাড়ি, ওয়াচিং টাওয়ার, ছোট্ট পারমিতা ও বীরকে বিদায় জানিয়ে পৌঁছালাম মূল ফটকে। সেখানে চেক-আউটে সই করে উঠলাম পাকা সড়কে।

গহন অরণ্যে নির্জনতাকে পিছনে ফেলে পাঁচশো উনিশ কিলোমিটার রাস্তা সামনে রেখে এবারের গন্তব্য 'কৃষ্ণাকুটির'। আবার সেই কোলাহল,আবার সেই দূষিত বাতাস,আবার সেই কর্মব্যস্ততা...তবুও স্মৃতির মনি-কোঠায় সযত্নে রাখা থাকবে চিরকাল।

সান্দাকফু'র দৃষ্টিতে পশ্চিমে এভারেস্ট

আমাদের প্রিয় নাজিরপুর বিদ্যাপীঠ সেজে উঠেছে নব কলেবরে ।আর মাত্র কয়েকদিন পরেই এই শিক্ষামন্দির পদার্পণ করবে সুবর্ণ জয়ন্তী বর্ষে। পয়লা জানুয়ারি, ২০১৮ বর্ণাঢ্য শোভাযাত্রা সহযোগে প্রভাতফেরী ও আনুষ্ঠানিক মঞ্চ আলোকিত করবেন বিশিষ্ট শিক্ষানুরাগী ব্যক্তিবর্গ। পঠন-পাঠনের সাথে সাথে শিক্ষক-শিক্ষার্থী, প্রাক্তনী ও নাজিরপুরবাসী সকলের মধ্যে এক অকৃত্রিম উচ্ছ্বাস উদ্বেলিত।

শান্তিনিকেতনের আদলে সবুজ পাড়ের বসন্ত রাঙা শাড়িতে সাজবে ছাত্রীরা, আলোকসজ্জায় বিদ্যালয় গৃহ হবে আলোকিত, সারারাত ধরে সযত্নে সেজে উঠবে অনুষ্ঠান মঞ্চ, ফুলে ফুলে সজ্জিত হবে বিদ্যালয়ের নবনির্মিত তোরণ।

মাঝে মাঝে আতশবাজির ফোয়ারা উঠবে বিদ্যালয় প্রাঙ্গনাকাশে। শেষ মঞ্চে তুলিকা-গঙ্গাধর ও স্বাগত দে -র লোকসঙ্গীতের সুরে দোলা দেবে সকলের মন। প্রারম্ভিক অনুষ্ঠান তারপর শেষ হবে। শুরু হবে মন খারাপের পালা।

এই বিরাট কর্মযজ্ঞের প্রস্তুতকালীন তৎপরতায় আমার সহকর্মী ভাতৃপ্রতিম কৌশিক ও সুব্রত এবং বন্ধুবর বিপ্লব ও খায়ের একদিন রাত্রিবেলা বিদ্যালয় কক্ষে কাজের ফাঁকে পরিকল্পনা করলাম অনুষ্ঠানের পরই আমরা আব্দুল খায়ের-এর সুইফট ডেজায়ার নিয়ে বেরোবো উদ্দেশ্যহীনভাবে লংড্রাইভে, সঙ্গে থাকবে কৌশিকের পর্বতারোহণ জয়ের অ্যাডভেঞ্চার জীবনকে ছুঁয়ে দেখা। কৌশিকের অনেক প্রতিকূলতা উপেক্ষা করে সিদ্ধান্ত হল ২০১৮এর তেশরা জানুয়ারিতে সকাল ছ'টায় আমাদের যাত্রা শুরু হবে।

অনুষ্ঠান ভালোভাবেই শেষ হলো কিন্তু খায়েরের পরীক্ষা, তেইশে জানুয়ারির অনুষ্ঠান, সরস্বতী পূজা -এসবের জন্য সেই উৎসুক দিনটি এলো পঁচিশে জানুয়ারি সকাল সাতটা। কৌশিকের লিস্ট অনুযায়ী সমস্ত কিছু নিয়ে আমার বাড়ি থেকে

স্টিয়ারিং হাতে নিলাম আমি পাশে সুব্রত। পেছনে খায়ের, বৈশাখী আর প্রিন্স। খায়েরের সহধর্মিণী বৈশাখী আর প্রিয়নন্দন প্রিন্স বহরমপুরে নেমে যাবে ।ওখানে থেকে আমাদের সঙ্গী হবে আর একজন পর্বতারোহী রানাঘাট নাসরা হাইস্কুলের ভূগোল বিষয়ের শিক্ষক সুদীপ্ত। সোজা বহরমপুরে বৈশাখী ও প্রিন্সকে নামিয়ে স্টেশন থেকে সুদীপ্তকে নিয়ে আবার গাড়ি স্টার্ট করলাম

দশটার সময় মোড়গ্রাম পৌঁছে ওখানে প্রাতরাশ সেরে উত্তরবঙ্গে প্রবেশ করলাম। সিদ্ধান্ত হল রায়গঞ্জে রাস্তার পাশে আমরা দুপুরের খাওয়া সারবো ।একটানা গাড়ি চালিয়েও কোনো ক্লান্তি নেই। শুধুমাত্র অপেক্ষা আছে-বরফের গাছ আর বরফে মোড়া পাহাড়ের দিকে চোখ মেলার।

উত্তরবঙ্গে মানুষগুলো বড় ভালো মনের। ধাবাতে মাছ, ডাল, সব্জি, ভাজা ,ভাত, লেবু, শশা, টক দই খেলাম। মনে হল কোন আত্মীয়ের বাড়িতে খাচ্ছি। ধাবার মালিক বারবার আফসোস করছেন "বেলা গড়িয়েছে ,আপনাদের ভাল করে খাওয়াতে পারলাম না "। বিকেল চারটে'র সময় কৌশিক স্টিয়ারিং ধরলো। সোজা শিলিগুড়ি। ওখানে কৌশিকের বন্ধু আগে থেকে হোটেল বুক করে রেখেছিল। আমরা "হোটেল প্রকাশ"-এ উঠলাম, স্নান করে ফ্রেস হলাম। সুদীপ্ত আর কৌশিক এক বন্ধুর বিয়েতে দেখা করে রাত এগারোটার সময় হোটেলে ফিরলো। সবাই মিলে জমিয়ে আড্ডা দিয়ে পরের দিন সকাল আটায় বেরোবো এই সিদ্ধান্ত নিয়ে ঘুমোলাম। একটা ঘরে আমি আর খায়ের আরেকটা ঘরে কৌশিক, সুব্রত, সুদীপ্ত। বিপ্লব ছেলেটার প্রচুর কাজের চাপ। সংসারের কাজ ফেলে কিছুতেই যেতে চাইলো না আমাদের সাথে। বিপ্লব খুব ভালো ছেলে ,আমাদের বন্ধু ও সহকর্মী। ভ্রমণসঙ্গী হিসাবে সাথে পেলাম না বলে আক্ষেপ রইলো। তাছাড়া পর্বতারোহণের বিপদসংকুল পথের জন্য পলি'র ভীতিও ওর যাওয়াতে বাধা সেধেছিল।

২৬শে জানুয়ারি সকাল বেলা ঘুম থেকে উঠে হোটেলের বাইরে বেরিয়ে দেখি সুব্রত আমাদের গাড়িটা সুন্দর করে ধুয়ে মুছে গাড়ির সামনে আমাদের জাতীয় পতাকা লাগাচ্ছে। প্রজাতন্ত্র দিবসে এক সুন্দর অচেনা শহরের শান্ত স্নিগ্ধ সকাল শিলিগুড়ি আর নাজিরপুরকে যেন এক সূত্রে বেঁধে দিলো।

সকাল আটটার সময় কৌশিকের এক পর্বতারোহী ছাত্রী সৌমিতা সাহা দেখা করতে এলো। পরিচয় হলো আমাদের সাথে, সেও একজন শিক্ষিকা। পর্বতারোহণ তার

সখ। সৌমিতা আমাদের সাথে সেবক পর্যন্ত যাবে । সুদীপ্ত ওর স্কুটি নিয়ে যাত্রা শুরু করল আর সৌমিতা আমাদের গাড়িতে উঠলো। এরপর সেবক ব্রীজে এসে আমরা থামলাম। পাহাড়ি পথে বয়ে যাওয়া স্বচ্ছ তিস্তার শোভা সৌন্দর্য উপভোগ করতে থাকলাম।

ওখানে কিছুক্ষণ কাটিয়ে আমরা মাল জংশন এর আগে লেভেল ক্রসিংয়ের পাশে ডামডিমে একটা রেস্তোরাঁতে টিফিন করলাম। এরপর চালসা-চাপড়ামারি অরন্যের দিকে চললাম। সৌমিতা ওখান থেকে ফিরে গেল। নাগরাকাটার পরে দেবপাড়া চা বাগিচার ফোয়ারা জলসেচ পদ্ধতি দেখে না দাড়িয়ে পারলাম না। অনেকক্ষণ চা বাগিচায় কাটালাম, আদিবাসী মেয়ে ও বাচ্চাদের সাথে কথা বললাম। চা বাগিচার জ্যামিতিক গোছানো সবুজায়ন সত্যিই মন উদাস করে দেয়, পাহাড়ের প্রতি ভালোবাসার টানের সাথে কোথাও যেন চা বাগিচার যোগসূত্র আছে।

দুপুরবেলা 'রাজাভাতখাওয়া' স্টেশনের পাশে গাড়ি রেখে আমরা পরিমলদার হোটেলের ঘরোয়া স্বাদের মাছ ভাত খেলাম। কেন এমন নাম? কোন রাজা এখানে ভাত খেয়েছিলেন? কেনই বা এখানে এসেছিলেন? খাওয়া শেষে এক অচেনা প্রেক্ষাপটে কিছুক্ষণ সকলে দাঁড়িয়ে রইলাম ।তারপর আবার যাত্রা শুরু......।

স্বচ্ছ নীল আকাশের নীচে ঘন সবুজ এর মধ্যে অরন্যের বুক চিরে সভ্যতার কালো সড়ক দিয়ে আমাদের লাল গাড়ি ছুটে চলেছে । বীরপাড়া হয়ে জলদাপাড়া, হাসিমারা, হামিলটনগঞ্জ, শুধুই ঘন জঙ্গল। পথেই জয়ন্তী নদী, তার পাশেই মহাকাল গুহা। রাস্তা থেকে নেমেই জয়ন্তী নদীর জল স্পর্শ করল আমাদের গাড়ির চাকা। বিভিন্ন খনিজ-আকরিক এর উৎস এই অঞ্চলটি । ছোটো ছোটো নুড়ি বড়ো উপত্যকার মধ্যে। স্বচ্ছ জলের সংকীর্ণ ক্ষীণ জলধারার পাশে দাঁড়িয়ে সবুজ পাহাড়ের উথলে পড়া রুপে অভিভূত হয়ে রইলাম কিছুক্ষন।

বক্সা ব্যাঘ্র প্রকল্পের গেটে টিকিট কেটে পৌঁছালাম সান্তালাবাড়ি। বক্সা দুর্গের ট্রেকিং প্রবেশদ্বারে গাড়ি পার্কিং, প্রবেশ টিকিট ও গাইড এর মূল্য দিয়ে শুরু করলাম আমাদের ছোট ট্রেকিং। সঙ্গে অল্প বয়সী মাধ্যমিক পরীক্ষার্থী গাইড রুদ্র উথাপ্পা। সকলের ব্যাগ ও প্রয়োজনীয় জিনিসপত্র নিয়ে উঠতে শুরু করলাম। উদ্দেশ্য বক্সা ফোর্টে রাত্রি যাপন ।জঙ্গলে ঘেরা পাহাড়ি পথ দিয়ে সকলে এগিয়ে চলেছি, সামনে

ঝুঁকে ধীরে ধীরে হাঁটছি,হাঁপিয়ে যাচ্ছি, কিন্তু কৌশিক আর সুদীপ্তর পাহাড়ি পদক্ষেপ হার মানাচ্ছে আমাদেরকে। 'এই তো এসে গেছি'- এই সান্তনা বাক্যে এগিয়ে চলেছি। হঠাৎ দেখতে পেলাম আমাদের সামনে একটা ছোট্ট মাঠ তার এক প্রান্তে বৌদ্ধ চোরতেন (মন্দির)। পাহাড়ের এত উপরে খেলার মাঠ! আর একটু উপরে উঠলেই ফোর্ট। ইতিমধ্যেই আমার ব্যাগ রুদ্র উথাপ্পার কাঁধে দিয়েছি। ব্যাগ নিলেই পিঠের যন্ত্রণাটা বেড়ে যাচ্ছে ।

বক্সা চোরতেন (মন্দির)

বক্সাফোর্ট পৌঁছালাম এবং 'সেল' গুলো দেখলাম আর অবাক হলাম এই ভেবে "আজ থেকে শতাধিক বছর আগে ভারতীয় দেশ ভক্তদের ইংরেজ সেনারা এই সেলে

এনে রেখে যেত! কিভাবে আর কত যন্ত্রণা সহ্য করে তাদের মৃত্যুবরণ করতে হত!" সত্যিই আমাদের স্বাধীনতার পেছনে কত শত যন্ত্রণা লুকিয়ে আছে! আজ ২৬শে জানুয়ারি প্রজাতন্ত্র দিবসে দেশপ্রেমী মহৎ প্রাণদের উদ্দেশ্যে আমাদের শ্রদ্ধার্ঘ্য রইল। আজ রাত্রিতে এখানেই থাকবো নাকি অন্য কোথাও, এ নিয়ে যখন কোন সিদ্ধান্ত হচ্ছিল না তখন ,সুদীপ্ত-র কাছে জলদাপাড়ার গল্প শুনে আমি সিদ্ধান্ত নিলাম এখনি নিচে নামবো ,সবাই সেটাই মেনে নিলো।সূর্য অস্ত যাচ্ছে ,আমাদের তাড়াতাড়ি নিচে নামতে হবে-অন্ধকার হবার আগেই ।গাইড রুদ্র বলল, কখনও কখনও দিনে তিনবারও এই পথ ওকে ওঠানামা করতে হয়েছে। অথচ আমাদের একবারেই বেশ কষ্ট হচ্ছে।

নিচে নেমে ভুট্টা ভাজা খেলাম, খুব ঝাল দেওয়া মোমো খেলাম। এরপর চা খেয়ে রওনা হলাম জলদাপাড়া টাইগার রেসকিউ সেন্টারের ফরেস্ট বাংলোর উদ্দেশ্যে। সুদীপ্ত এরমধ্যেই ফোন করে বাংলোতে থাকার ব্যবস্থা করেছে। মাঝে তিস্তা নদীর ব্রীজ পার হয়ে নদীর ধারে লঙ্কার চপ খেয়েছি। গুগোল ম্যাপ দেখেই চলছিলাম, হঠাৎ কৌশিক গাড়ি থামিয়ে বলল আমরা রাস্তা ভুল করেছি। পাশের একটা ঢালু সংকীর্ণ রাস্তায় গাড়ি নামাতেই দেখলাম একটা অগভীর নদী, এদিকে পেছনে ফেরার রাস্তাও নেই। গাড়ি চালিয়েই সংকীর্ণ জলধারা পার করলো কৌশিক। তখন রাত্রি আটটা বাজে। অন্ধকার নিস্তব্ধ জঙ্গলের মধ্যে মাটির কাঁচা রাস্তার লিক্ দিয়ে গাড়ি ধীর গতিতে এগিয়ে চলছে। সুদীপ্তর বন্ধু ফোন করে বলল," আজ হাতির দল বেরিয়েছে তোরা আসিস না জঙ্গলের ভেতরের রাস্তা দিয়ে।" কিছুক্ষণ চলার পর দেখলাম, জঙ্গলের মধ্যে ফাঁকা একটা জায়গায় আগুন জ্বালিয়ে বেশ কিছু লোক বড় বাঁশের লাঠি হাতে নিয়ে আগুনের কেন্দ্রবিমুখ হয়ে চক্রাকারে দাঁড়িয়ে আছে। বুঝলাম, আমরা জঙ্গলের প্রান্তে পৌঁছে গেছি। বুনো হাতির দল ও হিংস্র পশুর হাত থেকে গ্রামকে রক্ষা করতে এরা পাহারা দিচ্ছে। ওখান থেকেই দুটো রাস্তা দুই দিকে বেরিয়ে গেছে। আমরা বামদিকের রাস্তা ধরে বেশ কিছুক্ষণ চলছি। রাত্রের জঙ্গলের রূপ যেন আরো ভয়ঙ্কর হয়ে উঠেছে। কিন্তু এমন তো হওয়ার কথা নয়! গাড়ির হেডলাইটের আলোয় পরিষ্কার বুঝতে পারলাম জঙ্গল ভীষণ ঘন হয়ে উঠেছে। সরু সাদা ফিতের মত রাস্তাকে সবুজ ছোট বড় গাছপালা যেন আঁকড়ে ধরতে চাইছে। কৌশিক ড্রাইভ করছে,

আমি পাশে বসে আর সুব্রতরা পেছনে। কেউ কোনো কথা বলছে না। জঙ্গলের নিস্তব্ধতা যেন সকলকে কথা বলতে বারণ করছে। এদিকে সুব্রতর গুগুল মামাও কাজ করছে না। কারোরই আর বুঝতে বাকি রইল না, রাস্তা ভুল করে আমরা এখন গভীর জঙ্গলে। একটু এগিয়ে এক জায়গায় গাড়ি ঘোরানো হলো। খুব দ্রুত আসার উপায় নেই। রাস্তায় বড় বড় গর্ত। রাস্তা যেন শেষই হচ্ছে না। সকলের চোখ জঙ্গলের দিকে, হেড লাইটের আলোয় যতটুকু দেখা যায়। আসলে এটাই সেই শর্টকাট রাস্তা যেখানে বুনো দামালের দল দেখা দিয়েছিল। সব চিন্তার অবসান ঘটিয়ে আগুনের শিখা আমাদের চোখে পড়ল, যেখানে সকলে পাহারা দিচ্ছে। ওখান থেকে ডানদিকের রাস্তায় কিছুটা গিয়েই দেখতে পেলাম টাইগার রেসকিউ সেন্টারের গেট। সকলের মধ্যে স্বস্তি ফিরে এলো।

চওড়া-অগভীর স্বচ্ছ জলের নদীর পাশে বেশ উঁচুতে আমাদের ছোট্ট দুকামরা বিশিষ্ট বাংলো, বাংলোর সিড়ি নেমে গেছে নদীতে। কুঁড়ে ঘরের মত আকার বাংলোটির। চারদিকে বেশ ঢাল করা, যাতে হাতি এসে চার পায়ে সমানে দাঁড়িয়ে ধাক্কা না দিতে পারে। তারপরেও যদি দেওয়ালে পিঠ দিয়ে শক্তি প্রয়োগ করে, তার জন্য দেওয়ালের মধ্যে পেরেক ও কাঁচ বসানো আছে। বেশ রোমাঞ্চকর! রাতে মুরগির ঝোল আর ভাতের ব্যবস্থা হল আমাদের জন্য। রেসকিউ-এর জন্য আনা বাঘ আর আমাদের মধ্যে দূরত্ব পঞ্চাশ মিটার, মাঝে একটা প্রাচীর। রাতে অনেক রকম নতুন শব্দের মধ্যেও সারাদিনের ক্লান্তি চোখে ঘুম এনে দিলো। যদিও কৌশিকের বড্ড জ্বালাতন ও আনন্দের রেশও ছিল।

সকালে ঘুম থেকে উঠেই দেখি কৌশিক আর সুব্রত নদী থেকে বেশ কয়েকটা চিংড়ি মাছ ধরেছে। কয়েকটা ছবি তুলে আবার ছেড়ে দেওয়া হলো নদীতে। রেসকিউ সেন্টারের টাওয়ার থেকে পুরো

জঙ্গল ও চিকিৎসারত বাঘ গুলোকে দেখলাম। তারপর স্নান করে লুচি আর আলুর দম খেয়ে জলদাপাড়া অভয়ারণ্য থেকে বিদায় নিলাম। হাতি সাফারি বা কার সাফারি করে জঙ্গল ও জঙ্গলের প্রাণীগুলো দেখার সুযোগ হল না। সকাল থেকে গুড়ি গুড়ি বৃষ্টি শুরু হয়েছিল।

আজ ২৭ শে জানুয়ারী। সুদীপ্ত বলল, ভূটানের ফুন্টসিলিং শহরটা বেশ সুন্দর। গাড়ি এবার ভুটান অভিমুখে। জয়গাঁও ভারতের শেষ শহর। আমাদের লজ্জা হলেও এটা সত্যি একটা বড় তোরণের এপারে ভারতের জয়গাঁও মোটেই পরিচ্ছন্ন নয় কিন্তু তোরণের ওপারে প্রবেশ করেই ভূটানের ফুন্টসিলিং-এর পরিবেশ সম্পূর্ণ উল্টো। গাড়ি চালাচ্ছি এত দিনের অভ্যাসের উল্টো নিয়মে। হর্ণ বাজানো যাবে না। চল্লিশ কিমির বেশি গতিতে গাড়ি চালানো যাবে না। কেউ কাউকে ওভারটেক করবে না। কোথাও কোনও ট্রাফিক নেই। কেউ রাস্তা পার হলে গাড়ি দাঁড় করিয়ে দিচ্ছি। ক্রসিং এ আমি আগে ঢুকলে অন্য জন দাঁড়িয়ে যাচ্ছে। একটু জনসচেতনতা পরিবেশকে কত পাল্টে দিতে পারে! কত সুন্দর দূষণমুক্ত পরিবেশ। ক্রোকোডাইল জু-পার্ক দেখে ভূটান চেকপোস্ট থেকে ফিরে জয়গাঁওএ মধ্যাহ্ন ভোজন সারলাম।

মূর্তি নদীর উপর দিয়ে, গরুমারা জাতীয় উদ্যান হয়ে, শিলিগুড়ি বাইপাস ধরে, গাজলডোবায় রাস্তা ভুলে, তিস্তা ব্যারেজে লঙ্কার চপ খেয়ে, ফুলবাড়ি থেকে মাটিগাড়া অতিক্রম করে, রাতের অন্ধকারে পাহাড়ের জনহীন নিঃঝুম গা বেয়ে সর্পিল চড়াই উতরাই রাস্তা ধরে রাত ন'টার সময় আমরা পৌঁছলাম মিরিকের কৃষ্ণনগর।

দোকানপাট, হোটেল সব বন্ধ। ভীষণ ঠাণ্ডায় কেউ বাইরে নেই। গাড়িটা রাস্তার ধারে পার্ক করলাম। ভীষণ খিদে পেয়েছে। সকালে জলদাপাড়ায় ছিলাম, ভূটান হয়ে এখন মিরিকে। বারো ঘন্টার জার্নি শরীরে ক্লান্তির নেশা ধরিয়েছে। হাল্কা গরম পোশাকেও শীত মানছে না। কিন্তু এখন থাকব কোথায়? হঠাৎ সামনে অনেক সাইনবোর্ডের মাঝে একটিতে লেখা 'দাদাবৌদির হোটেল'। মোবাইল নম্বর দেখে ফোন করলাম। হ্যাঁ, বাঙালি হোটেল, কিন্তু কোন রুম ফাঁকা নেই। ফোন রেখে দিল। বেশ কয়েকটা ফোনের পর একটা নেপালি ম্যানেজার বলল,এখন হোটেল বন্ধ হয়ে গেছে আর রুমও তেমন নেই। বিনীতভাবে আমাদের সারাদিনের ধকল সংক্ষেপে বললাম। ছোট্ট দুটো রুম, খুব কষ্ট করেই থাকতে হবে। এবার 'পাঞ্চাশিল হোটেলে'র রুমে ঢুকলাম। যেই মাথা গোঁজার ঠাঁই পেলাম ওমনি এতক্ষণ ভুলে যাওয়া খিদে জেগে উঠলো। নেপালি ম্যানেজার চেমাদা একটা পরিচিত দোকান খুলিয়ে আমাদের জন্য

কলা, পাউরুটি আর ডিম সেদ্ধ এনেদিল। কলা পাউরুটি কখনোই খেতে ভালো লাগে না কিন্তু এখন অমৃতের স্বাদে ওগুলো খেয়ে ঘুমিয়ে পড়লাম।

সান্দাকফু-র স্বপ্ন চোখে নিয়েই আমাদের সকাল হলো। আজ ২৮ শে জানুয়ারী। খুব কষ্ট করেই স্নান করলাম। কারণ সান্দাকফু-র তাপমাত্রা এখন মাইনাস ডিগ্রিতে। ওখানে স্নান বস্তুটি হবে না নিশ্চিত। হোটেলের চেমাদাকে ধন্যবাদ জানিয়ে বেরোলাম।

মিরিকের পাহাড় ঘেরা লেকটা খুব সুন্দর। লেকের সৌন্দর্যকে সাথে নিয়ে ওখানেই ব্রেকফাস্ট করলাম। পাহাড়ের চড়াই রাস্তা, হাই অল্টিটিউড খুবই ঝুঁকি প্রবণ। ড্রাইভিংএর- লোভ সামলানো কঠিন। খায়ের এই রাস্তায় ড্রাইভিং-এর কথা ভাববে না শুধু তাই নয়, এই রাস্তায় যাত্রী হয়েও আসবে না। তাই আমরা আমাদের চূড়ান্ত গন্তব্যস্থল ওর কাছে গোপন করেছিলাম। এখন ড. খায়ের বুঝে গেছে আমরা কোথায় যাচ্ছি। অন্যায় হলেও আমাদের বিশ্বাস আজকের সন্ধ্যা আর আগামী দিনের সকাল ওকে মোহিত করে দেবে।

এক নম্বর, দু নম্বর গিয়ারেই গাড়ি চলছে আকাশের দিকে মুখ করে। মাঝে মাঝেই ভয়ঙ্কর হেয়ারপিন টার্ন। একদিকে খাড়া পাহাড় অন্যদিকে সুগভীর খাদ। পাহাড়ের গা বেয়ে সর্পিল আকারের রাস্তা উঠছে। ধীর গতিতে খুব সাবধানে গাড়ি চালাতে হচ্ছে। পাহাড়ে গাড়ি চালানোর অভিজ্ঞতা আমার আছে, কিন্তু এত খাড়া রাস্তায় এই প্রথম। ড্রাইভিং জানলেই এখানে গাড়ি চালানো সম্ভব না। একমাত্র সাহস আর আত্মবিশ্বাস থাকলেই সম্ভব। পশুপতিনগর, সিমানা, সুখিয়া হয়ে পাহাড় কেটে তৈরী রাস্তা দিয়ে আমরা পৌঁছলাম মানেভঞ্জন। এখান থেকে আমাদের সাথে শেরপা ভরত লেপচা যাবে আর আমাদের গাড়ি এখানেই থাকবে। ল্যাণ্ড রোভারের আরোহী হব আমরা। বিস্কুট, চকলেট আর কিছু শুকনো খাবার কিনে নিলাম এখান থেকে। এরপর আর কোনো দোকান পাওয়া যাবে না। ভরত এসেই আমাদের সকলের সাথে করমর্দন করে কুশল বিনিময় করল। ইংরেজ আমলের পুরানো ল্যাণ্ড রোভার এসে গেল। ডবল গিয়ার লেবার যুক্ত চকচকে ফোর হুইলর এই ল্যাণ্ড রোভার ভীষণ

শক্তিশালী। সিদ্ধান্ত হল আর একটু উপরে চিত্রে নামক স্থানে পর্ববেষ্টিত একটি উপত্যকায় আমাদের গাড়ি রাখব। ভরত ল্যাণ্ড রোভারে ড্রাইভারের সাথে আগে গেল, আমরা আমাদের গাড়িতে উঠবো। মানেভঞ্জন থেকে চিত্রে পর্যন্ত রাস্তাটি আরো বেশি খাড়া। কৌশিক স্টিয়ারিং ধরল, আমি পাশে বসলাম। এই রাস্তায় ওঠার সময় দুটি

বিপজ্জনক পাহাড়ি রাস্তা

বিষয়ে খুবই সতর্ক থাকতে হয়, টার্নের মুখে হর্ণ বাজানো আর কোনো ভাবেই ব্রেক কষে গাড়ি দাঁড় না করানো। সামনা-সামনি দুটি গাড়ি এসে গেলে যে গাড়ি নামছে সে দাঁড়িয়ে যাবে। কৌশিক দক্ষতার সাথে বেশ কয়েকটি হেয়ারপিন টার্ন পার করল। তারপরই হঠাৎ করে একটি টার্নের মুখে উল্টো দিক থেকে একটা গাড়ি একদম

কাছাকাছি আসতেই কৌশিক ফুল ব্রেক কষে দিল। আমাদের গাড়ি তখন প্রায় ৫০°-৫৫° ঢালে। এবার যা হবার তাই হল। গাড়ি পিছন দিকে নামতে শুরু করল।কয়েক সেকেন্ডের জন্য সবাই নির্বাক দর্শক। বাম দিকে খাড়া ঢাল ডান দিকে কয়েক হাজার ফুট গভীর। পিছনে বাম দিক ঘেঁষে গাড়ি ধাক্কা খেয়েই পড়বে খাদে,আর সেটা হলে বাঁচার কোনো সম্ভাবনা নেই।আমরা এখন সেদিকেই এগোচ্ছি।ব্রেক লেবার সম্পূর্ণ পুশ করে দিয়েছে কৌশিক,গাড়ি পেছনে গড়ছে,ঠিক পাহাড়ের দেওয়ালে ধাক্কা খাওয়ার মুহূর্তে ভয়াবহ বিপদের মুখে দাঁড়িয়ে মস্তিষ্ক কাজ করল।আমি পাশে থেকে হ্যাণ্ডব্রেকের ছয়টা স্টেপ একসাথে টেনে দিলাম। খাড়া পাহাড়ের গা স্পর্শ করার আগেই গাড়ি দাঁড়িয়ে গেল। আমরা ভয়াবহ দুর্ঘটনার হাত থেকে রক্ষা পেলাম।

কাঞ্চনজঙ্ঘা ভিউ পয়েন্ট

এরপর কৌশিক সামনে এগানোর চেষ্টা করল কিন্তু আমাদের পাঁচজনের দেহের ভার নিয়ে গাড়ি উঠতে পারল না। সকলে নেমে পিছন থেকে ঠেলে ধরলাম। তারপর গাড়ি উঠে গেল।আর গাড়ী দাড় করানো সম্ভব নয়। আমরা আর গাড়িতে উঠলাম না। আমরা রাস্তা দিয়ে হাঁটতে শুরু করলাম। পর্বতপ্রেমী সুদীপ্ত দেখলাম

সর্পিল রাস্তা ছেড়ে খাড়া উঠতে শুরু করল। আমরাও সুদীপ্তকে অনুসরণ করলাম। বেশ কষ্ট হলেও খুব তাড়াতাড়ি উপরে পৌঁছে গেলাম, দেখতে পেলাম তিনদিকে পর্বতবেষ্টিত সুন্দর একটি ঢেউ খেলানো উপত্যকার মাঝে আমাদের লাল গাড়িটি দাঁড়িয়ে, পেছনে ল্যাণ্ড রোভার। ফাঁকা দূষণ মুক্ত পরিবেশের মাঝে একটি ছোট্ট কাঠের ঘর, নাম Hawk Nest, এটা সিঞ্জুর হোটেল। এখানে খাওয়া সেরে আমরা একটার পর একটা পর্বত আর ছোট ছোট বরফের নদী অতিক্রম করব।

সিঞ্জুদার হোটেলে অনেক পুরোনো বাঁশের গ্লাস,সাথে বাঁশের স্ট্র, তারমধ্যে বাম্বু ওয়াইন নিয়ে পান করছে চারজন স্থানীয় ছেলে। আমরা একটু অন্য স্বাদের ভেজ চাট খেয়ে ল্যাণ্ডরোভারে যাত্রা শুরু করলাম।

এস.এস.বি.-র চেকপোস্টে চেক ইন করলাম মেঘমাতে। নাম শুনেই ধারণা করা যায় চারিদিক খাড়া পাহাড় আর সুগভীর উপত্যকা ঘিরে এখানে মেঘেদের খেলা। খুব কাছে থেকেও কেউ কাউকে দেখতে পাচ্ছিলাম না। মেঘমা থেকে টুংলু হয়ে টুংলিং পৌঁছলাম। সত্যিকারের স্বর্গপুরী হয়তো এটাই।এখন আর আমরা মেঘেদের মধ্যে নেই। মেঘ আমাদের অনেক নীচে সাদা তুলোর মত একটা আস্তরণ তৈরী করেছে। তার মাঝে মাঝে পর্বতচূড়াগুলি স্বল্প পরিসরে তাদের অস্তিত্বের প্রমান দিচ্ছে।বিকেলবেলা, সূর্যের আলো অনেকটাই ক্ষীণ। শুভ্রমেঘ আর সবুজ বনানীর ওপর সূর্যের রক্তিম আভা সমগ্র অঞ্চলটাকে স্বর্গরাজ্যে পরিণত করেছে।

ইচ্ছে না থাকলেও সন্ধ্যার আগেই আমাদের পৌঁছাতে হবে। তাই বেরোতে হল। কিছুটা গিয়েই আমরা পৌঁছালাম গৈরীবাসে। রাস্তার মাঝেই গাড়ী থেকে নেমে পড়লাম। এ এক অন্য শোভা! পাইন, অরকিরিয়া গাছে ভর্তি সমগ্র এলাকাটি। কিন্তু কোথাও সবুজের চিহ্ন নেই। বরফে ঢেকে গেছে সমস্ত গাছের পাতা। ক্ষুদ্র ক্ষুদ্র জলপ্রপাত গুলো জমে স্থির হয়ে আছে, পাশদিয়ে বয়ে যাওয়া ক্ষুদ্র নদীটি জলস্রোত ও বরফাচ্ছন্ন। সুব্রত ও আমি পাহাড়ের খাড়া ধার বেয়ে অনেকটা নীচে নেমে গেলাম। আমাদের পায়ের নীচে বরফগুলো বালির মত একদম শুষ্ক। এই প্রথম বরফে মোড়া গাছের সাথে আলাপন। আমাদের ল্যাণ্ডরোভার কালপোখরির দিকে রওনা হল প্রায়

ষাট ডিগ্রি চড়াই এর রাস্তা দিয়ে। গাড়ী যে পথ দিয়ে ওপরে উঠছে সেটি ছোটবড়-বোল্ডারে ভর্তি, ভয়ঙ্কর একটা রাস্তা, কুয়াশায় রাস্তার কিছু দেখা যাচ্ছে না। ড্রাইভার জানালা দিয়ে মুখ বার করে বেশ গতিবেগ নিয়ে গাড়ী চালাচ্ছে। আমার আর কৌশিকের পিছনে বসে থাকতে যথেষ্ট কষ্ট হচ্ছে। একটু অসাবধান হলেই ছিটকে বেড়িয়ে গিয়ে সুগভীর খাদএ পড়-বো, রাস্তায় পড়ার কোন সম্ভাবনা নেই। কারণ একটার পর একটা খাড়া ও সম্পূর্ণ হেয়ারপিন টার্ন। সুদীপ্ত সামনে বসে দু-একটি কথা বলছে। কিন্তু মাঝে বসে থাকা সুব্রত ও খায়েরের বাকশক্তি যেন হারিয়ে গেছে।

গৌরবের পতাকা হাতে বন্ধু খায়েরের সাথে

বিবেকভঞ্জনে পৌঁছে আমরা গরম চায়ের সাথে সাথে আগুনের আঁচ নিয়ে কিছুটা উষ্ণ করে নিলাম শরীরকে। ড্রাইভার এখানে এসে বাম্বু ওয়াইন খেলো। আবার গাড়ি নিয়ে জানলা দিয়ে মুখ বের করে বেশ গতি নিয়ে বোল্ডারের উপর দিয়ে চালাচ্ছে। পিছনে ছোট ছোট বোল্ডার গড়িয়ে যেতেও দেখছি। একবার আমাদের শেরপা ভরত ভাইকে

বললাম গাড়ি খুব জোরে চলছে। ভরত বললো অন্য দিনের তুলনায় আস্তেই চলছে। কিছুটা আশ্বস্ত হলাম। এরপর সান্দাকফুর পাদদেশে আমাদের পূর্বনির্ধারিত হোটেলে পৌঁছলাম। হোটেল বললে হয়ত ভুল বলা হবে, ছোট ছোট দুই কামরার একটি কাঠের ঘর আর দেওয়ালের অর্ধেক কাঁচ দেওয়া। তিনদিন আগেই এখানে স্নোফল হয়েছে। রুমে আমাদের জিনিসপত্র রেখেই বরফের উপর দিয়ে আমরা ওয়াচিং টাওয়ার-এ পৌঁছলাম। একদিকে স্লিপিংবুদ্ধ আরেকদিকে মাউন্ট এভারেস্ট।এখানে এইসময় কেউ আসে না বললেই চলে, সমগ্র উপত্যকায় আমরা পাঁচজন বাদে আর চারজনকে দেখতে পেলাম। সূর্য অস্ত যাচ্ছে। শুরু হল হিমেল বাতাস। মুখের যে অংশটুকু খোলা আছে, সেখানে সূচের মত বিধছে। ছবি তোলার জন্য এক মুহূর্ত হাতের গ্লাভ্সটা খুললেই সাথে সাথে আঙুলগুলো অবশ হয়ে যাচ্ছে এবং যন্ত্রণা শুরু হচ্ছে। কৌশিক ও সুদীপ্ত বাদে মাইনাস তেরো ডিগ্রি তাপমাত্রার অভিজ্ঞতা আমাদের এই প্রথম। হঠাৎ করে প্রত্যেকের শ্বাসকষ্ট শুরু হয়ে গেল। বুঝলাম অক্সিজেন এর ঘাটতি হচ্ছে। এখানে কোনরকমভাবে শরীরে একবার উচ্চতাজনিত অসুখ হলে চিকিৎসার কোন সম্ভাবনা নেই। আর মানেভঞ্জন যাওয়াও অসম্ভব। তাই আমরা সকলে ঘরে ফিরে এলাম। কিন্তু ঘরে ফিরেও বিপদ কমলো না। দুটো মোজা, গরম ইনার, জিন্স, সোয়েটার, গ্লাভ্স, জ্যাকেট, টুপি, মাফলার এতকিছু পরে বিছানায় শুয়ে একটা র‍্যাগ ও একটা লেপ গায়ে দিয়েও কাঁপুনি কমছে না। অক্সিজেন এর অভাবে ঘন ঘন নিঃশ্বাস নিতে হচ্ছে। ঠিক যেন পাঁচ কিলোমিটার দৌড়ে এসেছি। ঘরের ভিতরের দিকে কাচের দেওয়ালে বরফ জমে গেছে। বাইরেটা আর দেখা যাচ্ছে না। প্রত্যেকের জন্য একটা লেপ আর একটা র‍্যাগ,আমি আর সুব্রত দুজনের মোট চারটের মধ্যে দুজন ঢুকে পড়লাম। সবার নাক গুলো ফুলে লাল হয়ে গেছে। আমাদের বন্ধু গাইড ভরত লেপচা আমার অবস্থা দেখে ওর ব্যাগ থেকে কোল্ডড্রিঙ্কস এনে দিল। ঢক ঢক করে বেশ কিছুটা কোল্ডড্রিঙ্কস গলাধঃকরণ করলাম। কিছুক্ষণের মধ্যেই শরীরে বাইরের শীতলতার সাথে শরীরের ভেতরের উষ্ণতা কিছুটা সমতা ফিরে পেল এবং আমি সুস্থ হলাম।

আজ ২৯শে জানুয়ারী, ঘুম থেকে উঠে বাথরুমে গিয়ে দেখি বালতির জল জমে বরফ হয়ে গেছে। ভরত গরম জল এনে দিল। পশ্চিবঙ্গের সর্বোচ্চ শৃঙ্গে আমরা পা রাখব। ফ্রেস হয়ে তাড়াতাড়ি বেরিয়ে পড়লাম, অনেকটা চড়াই ট্রেক করে তারপর আমরা পিকের নীচে পৌঁছলাম। ট্রেকিং-এর জন্য আমাদের কোনো স্টিক ছিলোনা। শুরু করলাম পিক ক্লাইম্বিং, সবার সামনে আমি, একবার পেছন ফিরে নীচে তাকিয়ে বুঝলাম আমি পড়লে সবার জীবন সংশয়। ভরত পিছনে তাকাতে বারণ করল, সামনে এগোতে থাকলাম, কিন্তু দু'পায়ে গ্রিপ করে হাত দিয়ে পশুদের মতো যেনপর্বতারোহণ চলছে আমাদের। পিছনে তাকালে ভয় লাগছে, সামনে উপরে দেখলেও ভয় লাগছে।

ট্রেকিং

একবার তাকিয়ে দেখলাম সামনের খাড়া পাহাড় যেন আকাশে ঠেকে গেছে । কৌশিকের বলা একটা কথা মনে পড়ল- "সব খেলায় ভুল হলে একবার, দুইবার বা বারবার সুযোগ থাকে, কিন্তু পাহাড়ে একটা ভুল মানেই সব শেষ।" মনে সাহস সঞ্চয় করে কোন দিকে না তাকিয়ে এগিয়ে চললাম। ভরতের সাহায্য ভুলবনা, একবার

পায়ের জুতোর তলায় হাত দিয়ে ও আমাকে এগিয়ে দিয়েছে। শেরপারা ভীষণ ভালো মনের মানুষ হয় সাথে দায়ীত্ববান । কৃতজ্ঞতা থাকবে সারাজীবন।

হঠাৎ দেখি সামনে নীল আকাশ। পৌঁছে গেছি তো! সন্তর্পনে খাড়া হয়ে দাঁড়ালাম। স্বল্প পরিসর জায়গা। আমরা এখন পশ্চিমবঙ্গের সর্বোচ্চ স্থানে দাঁড়িয়ে আছি। ভাবতেই ফেলে আসা সব ভয় কষ্ট পেছনেই পড়ে থাকলো। অনেক দেশের পতাকা বাঁধা আছে এখানে। একে একে সবাই উঠে এল। ভীষণ জোরে বাতাস বইছে।মনে হচ্ছে একটু অসাবধান হলে বাতাসের ধাক্কায় নীচে পড়ে যাব। কি অসাধারণ দৃশ্য, একদিকে মনে হচ্ছে হাতের নাগালে কাঞ্চনজঙ্ঘা, মাকালু, লোৎসে, নুপসে আর তার ঠিক পাশেই বিশ্বের সর্বোচ্চ শৃঙ্গ মাউন্ট এভারেস্ট। কাঞ্চনজঙ্ঘা এখানের অধিবাসীদের কাছে "ঘুমন্ত বুদ্ধ"। দেখে সত্যিই মনে হয় একজন চিত হয়ে শুয়ে আছে। উল্টোদিকে পেঁজা তুলোর মতো মেঘের চাদর। আমাদের অনেক নীচে মেঘ, মেঘের ভেতর থেকে সূর্যোদয়ের প্রাক রক্তিম আভা এক অবর্ণনীয় সৌন্দর্য সৃষ্টি করেছে। আপ্লুত হয়ে সূর্যোদয় দেখতে লাগলাম। কৌশিক একদম শৃঙ্গের ধারে পা দিয়ে ছবি তুলছে, ভাবলে এখনো গা শিউরে ওঠে। সুব্রত বলল ওখান থেকে না সরলে আমরা সবাই নেমে যাবো। কৌশিক সরে এল। সুদীপ্ত পকেট থেকে ভারতের জাতীয় পতাকা বের করল। সবাই মিলে ভারতের তেরঙ্গা হাতে ছবি তুললাম। এভারেস্ট, কাঞ্চনজঙ্ঘা আর সূর্যোদয়ের সাথে মেঘেদের খেলা দেখলাম, ক্যামেরাবন্দী করলাম। তারপর একই ভাবে ব্যাক স্টেপে ধীরে নীচে নেমে এলাম। ঘরে ফিরে গরম গরম নুডল্‌স খেলাম। এখুনি বেরবো আমরা। ব্যাগপত্র নিয়ে বাইরে বেরিয়ে দেখি ভরতদা আমাদের জন্য পাঁচটি বড় বড় লাঠি নিয়ে দাঁড়িয়ে আছে। গাড়ির সমস্যার জন্য আমাদের বিকেভঞ্জন পর্যন্ত ট্রেকিং করে নামতে হবে। সান্দাকফু ও এভারেস্টকে বিদায় জানিয়ে ট্রেকিং শুরু করলাম।ভীষণ কষ্ট হচ্ছে, হাঁপিয়ে যাচ্ছি। রেস্ট নিচ্ছি, আবার এগোচ্ছি কিন্তু প্রতিটা পদক্ষেপে বরফে মোড়া, বাহারী ফুলের সৌন্দর্য, পাহাড়ের গায়ে ঝুলন্ত স্ফটিকাকার ঝর্ণা,সকল কষ্ট ভুলিয়ে স্মৃতির পাতায় পাহাড়ের শোভা একটার পর একটা দাগ কাটতে থাকল ভরতের হিন্দি ভাষায় বলা "এইতো

এসে গেছি" শুনতে শুনতে বিকেভঞ্জনে এসে পৌঁছলাম। চা খেয়ে,একটু বিশ্রাম নিয়ে গাড়িতে উঠলাম। আমাদের গাড়িটা নেপালের রাস্তায় আবার বিগড়ে গেছিলো, তখন বিকেল গড়িয়ে এসেছে। পরপর বেশ কয়েকটা গাড়ি এলো।কিন্তু কেউ ওভারটেক করলো না। সব ড্রাইভার হাতে হাত মিলিয়ে আমাদের গাড়ি মেরামত করলো।তারপর একসাথে চললো। পাহাড়ের এই একতা ও সহযোগীতার মানসিকতা সমতলে দেখা মেলে না। এরপর গৈরীবাস, জোয়াবাড়ি, নেপালের সুন্দরগ্রাম, টুংলিং, চিত্রে, পশুপতিনগর, শিলিগুড়ি, বহরমপুর হয়ে যখন বাড়ি পৌঁছলাম তখন একটা দিন-রাত্রি পেরিয়ে সকাল হয়ে গেছে। স্মৃতির মনিকোঠায় স্বর্ণাক্ষরে সুসজ্জিত থাকল জীবনের সুন্দর কয়েকটা মুহূর্তেরা।

কাঞ্চনজঙ্ঘা ও এভারেস্টকে পেছনে রেখে সান্দাকফু শৃঙ্গজয়

অমরকন্টকে তিনরাত্রি

ছাব্বিশে অক্টোবর ২০০৯ বিকেল তিনটে পঁচিশে করিমপুর থেকে লোকনাথ বাসে চেপে কৃষ্ণনগর এলাম, অনুদেব গোপাল আর আমি। জগদ্ধাত্রী পুজোর জন্য কৃষ্ণনগর বাসস্ট্যান্ড থেকে রিক্সা করে স্টেশন তারপর ট্রেনে বেলঘড়িয়া। তোতা ছোটনদের মেস বাড়িতে। বেলঘড়িয়া মানেই অনেক স্মৃতি বিজড়িত ছাত্র বেলা।রামকৃষ্ণ মিশনে শিক্ষকতার করার সময়েরা। দুর্গাপূজার প্রথম ভোরে রহড়া রামকৃষ্ণ মিশন থেকে মহারাজের সাথে ছাত্রদের নিয়ে বেলঘড়িয়ায় ফুল তুলতে আসা।যাইহোক এই স্মৃতির শহরে রাত নটা পনেরোতে পৌঁছে ফ্রেশ হয়ে খাওয়া দাওয়া সেরে একটু আড্ডা তারপর ঘুম।

২৭শে অক্টোবর সারাদিন আড্ডা, রাত ন'টার সময় খাওয়া-দাওয়া সেরে ট্যাক্সি করে হাওড়া স্টেশন। রাত এগারোটা পঞ্চান্নতে আমেদাবাদ এক্সেপ্রেসে বিলাসপুরের উদ্দেশ্যে রওনার শুরুতেই বিড়ম্বনা, রাজধানী এক্সপ্রেসের ড্রাইভারসহ ট্রেন মাওবাদীরা আটকে রাখার জন্য ন'ঘন্টা লেট করে যখন বিলাসপুর পৌঁছলাম তখন রাত আটটা। ট্রেনে দুপুরের মিল, সিঙ্গাড়া, চা খেয়েছিলাম। বিলাসপুরে স্টেশন থেকে অটো ধরে কোম্পানি গার্ডেন নেমে হোটেল বুক করলাম। অর্পা নদীর ওপর দিয়ে অনুদেবের ম্যাডামের সাথে দেখা করতে গেলাম, কিন্তু অনুদেবের শারীরিক অসুস্থতার জন্য মাঝপথ থেকে ফিরে এলাম। খাওয়া সেরে চললাম 'শুভম' লজে। দুটো রুম । আমি আর অনুদেব এক রুমে থাকলাম। গোপাল আর তোতা অন্য রুমে। সকালে উঠে ফ্রেশ হয়ে চা খেলাম। এরপর ছটার সময় অটো করে স্টেশন, টিকিট কাটলাম পেনড্রা রোড, লোকাল ট্রেন কিন্তু বেশ ভালো ডেকোরেশন। দুটো কেভের মধ্যে দিয়ে ট্রেন ছুটলো পাহাড়ি পথ ধরে। এগারোটার সময় নামলাম পেনড্রা রোডে। এরপর মারুতি ধরে জঙ্গল পেরিয়ে, পাহাড় ডিঙিয়ে ,আবেগ ও উল্লাস নিয়ে চললাম অমরকন্টক বাঙালি মায়ের (মাতাজি) আশ্রমে।

ঊনত্রিশ তারিখ দুপুর দুটোর সময় আশ্রমে এসে স্নান খাওয়া সেরে একটু রেস্ট নিয়ে দেব ভাইয়ের সাথে চললাম 'চন্ডীগুফা' দেখতে। মার্কন্ড মুনি যিনি শ্রী শ্রী

চণ্ডী'র রচয়িতা তার সাধনা স্থল 'চন্ডীগুফা'। মা বললেন ওখানে প্রতিদিন পুজো হয়। কিন্তু কে পুজো করেন কেউ দেখতে পায়না। আমাদের চার জনকে দেব ভাই নিয়ে চললো আশ্রম থেকে মায়ের আদেশে।

রাস্তা শেষ, এবার মাঠ প্রায় সমতল কিন্তু বড় বড় ঘাস। এরপর পাহাড়ের উপত্যকা ধরে গভীর জঙ্গল , এখানে ভল্লুকের আনাগোনা বেশি । বাঘও আছে তবে কম, এছাড়া সমস্ত জংলি জানোয়ার রয়েছে। বড় বড় গাছ আর এক বুক সমান ঝোপ, দেব ভাইয়ের হাতে একটা লাঠি ঝোপে আঘাত করে কিছুটা সুগম্য করে দিচ্ছে আমাদের সুবিধার জন্য, তারসাথে বিষধর সাপকেও লক্ষ্য করা হচ্ছে। যদিও আমাদের কোন বন্য জীবের সম্মুখীন হতে হয় নি। তবে ভয় ধরানো শব্দ শুনেছি দুই এক বার। হঠাৎ করে সবাই থেমে গেলাম। সামনে কয়েক হাজার ফিট খাড়াই ঢাল।একি!'চন্ডীগুফা'কোথায়? আর তো রাস্তা নেই!?

"ইধার সে হি উতারনা পরেগা।" বন্যের নিস্তব্ধতা যেন আরো গম্ভীর হয়ে গেল দেব ভাইয়ের একটি কথায়। দেব ভাই কিছুটা নামলো, তারপর গোপাল, তারপর আমি পেছনে তোতা। অনুদেব কিছুটা নেমে আবার উঠে গেল বলল আমি যেতে পারব না। অনেক বলা হল কিন্তু ও রেগে গেল। দেব ভাই ওকে ওপরে কিছুক্ষণ দাড়াতে বলল ও একা দাঁড়ানোর কথা ভাবতেই পারল না। সত্যিই সেটাও অসম্ভব ছিল। এভাবে অনেক্ষণ কেটে গেল। আমাদের সৌভাগ্য আজ মৌমাছির উপদ্রব নেই। যদিও আমরা কোন তেল পারফিউম ব্যবহার করিনি। চন্ডীর বাহন এই মৌমাছি কোনো সুগন্ধি সহ্য করতে পারে না। এবার আমি সিদ্ধান্ত নিলাম অনুদেব ফিরে যাক কিন্তু তাতেও সমস্যা পথ ভুলে যাবার। শেষে দেব ভাইকে ছাড়তে যেতে হল অনুদেবকে। আমরা তিনজন গভীর জঙ্গলে,পর্বতের ঢালে, কয়েক হাজার ফিট গভীরতাকে ভুলে গিয়ে ধীরে ধীরে নামতে থাকলাম। কোনো রাস্তা নেই,পাহাড়ের ঢালে পায়ের অর্ধেক অংশ আটকিয়ে ছোট ছোট ঘাস ধরে ধীরে ধীরে এগোনো। বড় গাছ ধরতে বারণ করলো দেবভাই।

হঠাৎ আমার পা পিছলে গেল, তখন আমি সবার আগে। গোপাল একটা গাছের সরু ডাল ধরে আবার হাত চেপে ধরলো। বুঝলাম একটা বড় বিপদ থেকে মুক্তি পেলাম। হঠাৎ করে আমার মায়ের জন্য মন খারাপ করতে লাগলো। তখনি ওপর

থেকে দেব ভাইয়ের গলা পেলাম। অনুদেবকে রেখে ফিরে এসেছে।আবার খুব ধীরে ধীরে নামতে শুরু করলাম। একটু দাঁড়ালাম। গোপাল বলে উঠলো "প্রদীপ্ত দা আমাদের তিনজনের মধ্যে যে কোনো একজনকে আজ আমরা হয়তো হারাবো।" এখান থেকে ফেরার কথা ভাবলেও গায়ে কাঁটা দিচ্ছে।আবার চলতে থাকলাম অনেকক্ষন পর বললাম আমি আর যাবোনা। দেবভাই বললো-"অর দূর নেহি হাম পৌছ গ্যায়ে, উধার হি হ্যায় চন্ডীগুফা।" হটাৎ দেখলাম উপর থেকে ফোঁটা আকারে জল পড়ছে ক্রমাগত।তার সামনে এক চিলতে জায়গা। আমরা গুহার পেছনে দাঁড়িয়ে। জল অতিক্রম করে সকলে গুহার সামনে পৌঁছে বসে পড়লাম। এক অজানা আনন্দে বুক ভরে গেল। যেন একটা কিছু জয় করেছি আমরা। খুবই ছোট গুহা, ভিতরে মাথা নিচু করে খুবই কষ্টে চারজন বসতে পারবে। গুহার এক কর্নারে ছোট্ট একটা কোটর আছে।সেখান দিয়ে ক্ষীণ আলো প্রবেশ করছে। চন্ডী মায়ের শিলা মূর্তিটি খুব ছোটো।একজন সাধু একটা বাঁধানো ফটো রেখেছে তার সামনে। ওখানকার হাভনের (যজ্ঞ) ভস্ম সারা গায়ে ,মুখে মাখলো গোপাল ও তোতা। আমি ভস্মর তিলক কাটলাম। সন্ধে নেমে এসেছে আমাদের এখুনি ফিরতে হবে। আমরা তখনও জানিনা কিন্তু দেবভাই জানে বন্য জানোয়ার বেরোবার সময় হয়ে গেছে।

এবার তোতা জানতে চাইলো অন্য কোনো রাস্তা আছে কিনা।রাস্তা আছে কিন্তু পৌঁছাবে কাল সকালে।বললো দেবভাই। তোতা বললো তাই যাবো।উত্তর "লেকিন জংলি জানোয়ার সে বাচনা না মুমকিন উস ওরফ ।অর শুভা ভি হো জায়েগা।"

ধর্মীয় মতে চন্ডীগুফায় সতীর বাঁদিকের উরু এবং নর্মদায় ডান উরু পড়েছিল। তাই এই দুই স্থান দর্শন করলে মাতৃক্রোড় প্রাপ্তি হয়। আমাদের দর্শন সম্পূর্ণ হলো এবার উপরের জঙ্গলে উঠতে হবে। এর আগেও রক গার্ডেন, ইয়ুমথ্যাং, নাথুলাপাস, তেনজিন রক এরকম অনেক পর্বতে গেছি, উঠেছি, কিন্তু সেসব জায়গায় এত রিস্ক ছিলনা। একরকম বসে, ভীষণ সন্তর্পনে এগোতে থাকলাম। অন্ধকার সম্পূর্ণ ঘনীভূত হবার আগে উপরে উঠতেই হবে।

পেছনে কয়েক হাজার ফুট গভীরতার কথা ভুলে যাবার কথা চেষ্টা করে উঠতে থাকলাম। একেবারে শেষ মুহূর্তে দেবের কঠিন হাতছানি ফিরিয়ে নিতে হয়েছিল মা চণ্ডীর আদেশে। আমাদের থেকে আরও কঠিন ভাবে প্রতিটি মুহূর্ত কাটছিল

অনুদেবের। 'আমি তো আছি' - মায়ের এই কথাটিকে আশ্রয় করে আমাদের প্রতীক্ষায় ওর সময় কাটছিল, হয়তো কাটছিল না আশ্রমে ।

এবার উপরে পৌঁছে গেলাম, ঘন অন্ধকার জঙ্গলকে তখন গ্রাস করেছে। চারিদিকে ভীষণ নিস্তব্ধতা। দেব ভাই আগে আমরা পেছনে। কারণ জংলি জানোয়ার আসলে তার মোকাবেলা করবে ও। যেমন - 'ভালু' এলে তার মাথার একটা নির্দিষ্ট জায়গায় মারলে 'ভালু' ফিরে যাবে যদি না ফেরে তবে গাছে উঠতে হবে। কিন্তু সোজা গাছে নয়, যে গাছ মাঝখান থেকে বেঁকে গেছে সেই গাছে। কারণ সেই বাঁকা অংশে 'ভালু' ঝুলে যেতে চাইবে কিন্তু পড়ে যাবে আবার চেষ্টা করবে, আবার পড়বে। তিনবার পড়ার পর আর চেষ্টা করবেনা, ফিরে যাবে । আমরা ওপরে অন্ধকার ভেঙে উঠেই চলেছি। হঠাৎ দেব ভাই আমাদের সকলের দিকে ফিরল - 'রুকিয়ে রুকিয়ে'। ভীষণ ভয় পেয়ে গেছিলাম। তারপর দেখলাম কেউ ফাঁদ পেতে রেখে গেছে জংলি জানোয়ার ধরার জন্য। মোবাইলের ক্ষীণ আলোতে দেখলাম সুক্ষ সরু তার দিয়ে গোল রিং করা, পা পড়লেই 'কস জায়েগা।' তারপর গাছের ডালে লটকে যাবে উল্টো হয়ে। সকালে যখন শিকারি আসবে তার অনেক আগেই শিকার শেষ নিঃশ্বাস ত্যাগ করবে। শেষমেষ ওপরের সেই ফাঁকা মাঠে পৌছালাম । তারপর ধীর পদক্ষেপে মায়ের আশ্রমে আশ্রমে ঢোকার পঞ্চাশ মিটার আগে মায়ের ফোন এলো দেব ভাইয়ের কাছে।

আজ ৩০ তারিখ। বার মনে নেই, বাইরে গেলে বার মনে থাকে না। সকালে মা ডাকলো, চা বিস্কুট নিয়ে এসেছে। আগে চা খেয়ে তারপর ফ্রেশ হলাম। ভীষণ শীত পড়েছে। টিফিন এলো সামোসা আর টোস্ট। তারপর বেরোলাম, প্রথমে কপিলধারা হয়ে দুধধারা জলপ্রপাত। সেখানে স্নান করলাম জলপ্রপাতে। তারপর দুধধারার পাশেই পর্বতের গুহায় (দুর্বাশা গুহা) স্থাপিত শিবলিঙ্গে জল ঢেলে জামা প্যান্ট পড়ে চলে এলাম কপিলধারা জলপ্রপাত এর নিচে। যেখানে প্রায় একশ মিটার উপর থেকে জলরাশি আছড়ে পড়ছে। কিন্তু মৌমাছির ভয়ে খুব তাড়াতাড়ি উপরে উঠলাম ওখানে কাঁচা ছোলা খেলাম সবাই তারপর খুব খিদে সঙ্গে নিয়ে আশ্রমে ফিরলাম। এরপর দুপুরের খাওয়া সেরে বিকেলে ভৃগুকুমণ্ডল ও ধুনিপানি যেতে হবে তাই একটু লেপের মধ্যে বিশ্রাম নিলাম। কিন্তু পনেরো মিনিটের মধ্যেই দেবভাই স্নান খাওয়া সেরে চলে এলো। চৈতন্য মহাপ্রভুর একাদশতম বংশধর এক সাধু ও তার

সঙ্গে আরো দুই জন গৃহী মায়ের আশ্রমে গতকাল এসে পোঁছেছে। আজ সকাল থেকেই উনারা আমাদের ভ্রমণ সঙ্গী।

হাঁটতে হাঁটতে আবার জঙ্গল পেরিয়ে চড়াই উতরাই পথে পৌছালাম ধুনিপানি। এখানে একটি স্বয়ম্ভু - শিব পাহাড়ের জঙ্গলে একাকী বর্তমান এবং তার পাশে একটি কুন্ড আছে যেখানে কখনো পানি শুকিয়ে যায় না। সেই জল মাথায় ছিটিয়ে যজ্ঞের ভস্ম গায়ে মেখে চললাম ভৃগু কুমন্ডল।

ভৃগু মুনি কোনো এক সময় এখানে ধ্যানস্থ ছিলেন, কিন্তু তিনি যখন স্বর্গে ফিরে যান তখন তার জলপূর্ণ কুমন্ডল টি এখানে ফেলে যান। দেখলাম একটি বড় প্রস্তরখন্ডের গায়ে সরু ছিদ্র, সম্পূর্ণ হাত ঢুকালে ওখানে জলের স্পর্শ পাওয়া যায় , আমরা প্রত্যেকেই পেলাম, কিন্তু সাধু বাবাজির এক সঙ্গী লম্বা হাতেও তার স্পর্শ তিনবারের একবারেও পেলেন না। দেব ভাই বললো এখানে পবিত্র মনের ছোট্ট শিশুও তার ছোট্ট হাতে জলের স্পর্শ পায় আবার অনেক বড়রাও পায়না মুহূর্তের মধ্যেই।

ভৃগু কুমণ্ডলের পাশেই জনৈক ঋষির ধ্যান যজ্ঞের উদ্দেশ্যে পাহাড়ের একাংশে পড়েছিল তার উপর কিছু ঋষিকে পর্বত পুরো ঢেকে ফেললেও স্পর্শ করতে পারেনি। আমরা একে একে মোবাইলের আলোয় অন্ধকার গুহার মধ্যে প্রবেশ করলাম, হামাগুড়ি দিয়ে প্রায় চল্লিশ মিটার পর গুহার অপর প্রান্তে উঠলাম । অনুদেব বাদে প্রত্যেকেই এই পথ অতিক্রম করেছিলাম। এরপর অনেকক্ষণ পর্বতের সৌন্দর্য উপভোগ করলাম তারপর ধীরে ধীরে ফিরলাম আশ্রমের পথে। সন্ধ্যা আরতি দেখতে চা বিস্কুট খেয়ে বেরিয়ে পড়লাম নর্মদা মন্দিরে। 'জয় নর্মদে হর' বলে অভ্যর্থনা জানাচ্ছে সবাই। মন্দিরের মধ্যেই ছোট ও বড় দুটো কুন্ড আছে যার জলে স্নান করলে ত্বকের সমস্যা দূর হয়। এখানে নর্মদা নদীর উৎস স্থল। এর আগে কপিলধারা যাবার সময় 'আমরা শোনমুড়া' গেছিলাম। এখানে একটি 'সুইসাইড স্পট' রয়েছে , তার কাছ থেকেই শোন নদীর উৎস স্থল ছোট্ট একটি জলধারা । ঠিক একই নর্মদা নদীর উৎস স্থল। এখানে যে শিবলিঙ্গ টি আছে সেটি জলের তলায় । পৌরাণিক কাহিনী আছে যেখানে সয়ম্ভু শিব আছে সেখানে শিব নন্দিনী নর্মদা পুজো পাবেনা কখনোই। তাই পিতৃ আশীষে এখানে নর্মদা পুজোর পরেই শিব পুজো হয়।তাই সকলে 'নর্মদে হর' বলে।

ভৃগু গুহা

মন্দিরে ঢোকার আগে একটা পাথর নির্মিত হাতির পায়ের ফাঁক দিয়ে ঢুকতে হয়, যতই মোটা লোক হোক ওখান দিয়ে ঠিক সে ঢুকে পড়বে এটাই ওর বিশেষত্ব। বিজ্ঞান সম্মত কারণ নিশ্চিত কিছু আছে।যদিও তা খোঁজার চেষ্টা করিনি। কাঁসর , ঘন্টা, ডঙ্কা বাজিয়ে কৃষ্ণবর্ণের প্রস্তর নির্মিত নর্মদা মায়ের আরতি হচ্ছে। তার ঠিক মুখোমুখি রয়েছে অমরকন্টক পাতালেশ্বর শিবলিঙ্গ। আরতী শেষ হলে চরণামৃত নিলাম তার মধ্যে ছোট গোল ফলের মতো একটা ইলাস্টিক জাতীয় জিনিস ছিল ওদের ভাষায় ওটা বড়া। কিন্তু খেয়ে ঠিক কি জিনিস বুঝতে পারলাম না । এরপর আশ্রমে

ফিরে খাওয়া সেরে অনুদেব গীতা ও চণ্ডীপাঠ করল তারপর ঘুমিয়ে পড়লাম কারণ পরদিন সবাই মিলে বনোভজন করতে যাব 'মাই কি মারোয়া'।

আজ ৩১তারিখ, সকালে উঠে শুনলাম কলকাতা থেকে এশিয়াটিক সোসাইটির দুজন ভদ্রমহিলা মায়ের আশ্রমে আসবে, তাই পিকনিক বাতিল । আজ সকালে সাধুবাবাজীরা চলে গেছেন।' মা' বললেন - তোমরা পাতালেশ্বর বাবার কয়েক হাজার বছরের পুরনো মন্দির টি দেখে এসো। আমরা বিকেলে মাই কি মারোয়া যাবো।

দেব ভাইকে নিয়ে আমরা চারজন প্রথমে গেলাম পঞ্চতন্ত্রের মন্দিরে (নির্মীয়মান)। এই মন্দিরের নির্মাণকার্য বছরে একদিনই হয়। তারপর জৈনদের নির্মীয়মাণ বিশাল আকার মন্দিরে গেলাম। এখানে যে তীর্থঙ্করের চিত্র আছেন , উনি বসনহীন। হাতে একটি কুমন্ডল ও অন্য হাতে একটি ঝালর। ইনারা দিনেরবেলায় কথা বলেন না।

সনোরা যাবার পথে আমাদের সৌভাগ্য হয়েছিল এই মৌনব্রত পালনকারী সাধক দর্শনের। ফাঁকা রাস্তায় গাড়ি হঠাৎ করে দাঁড়িয়ে পড়লো। সামনে তাকিয়ে দেখলাম ডানদিকের পাহাড় থেকে নেমে রাস্তা পার হচ্ছে এক সাধক একহাতে কুমণ্ডল অন্যহাতে ঝালর বস্ত্রহীন, সর্ব শরীরের হাড় গুলো গোনা যাচ্ছে। দেব ভাইয়ের বাবাও প্রায় চল্লিশ বছর আগে থেকেই এই সাধককে বহুবার দেখেছেন ।তার কথায় এদের বয়স প্রায় একশো কুড়ি বছরের ওপরে। পর্বতের উপরে যুগ যুগ ধরে সমস্ত বন্যজন্তু ও প্রবল শৈত্য প্রবাহ কে উপেক্ষা করে মৌনব্রত পালন রেখে সাধনা করে চলেছে।

আমাদের সাধন ক্ষেত্রের নাম পীঠস্থান। অমরকন্টক হল মহাপীঠ যা দেব দেবীদের সাধন ক্ষেত্র আধ্যাত্মিকতার রহস্য এখানেই উন্মোচিত হয়। স্বামী বিবেকানন্দের প্রিয় পর্বত 'মৈকাল ' যার উপরের দিকটা কচ্ছপের পিঠের মত। ভাবতে অবাক লাগে সেই সময়ে এই গভীর জঙ্গল, প্রচুর হিংস্র জন্তুর ভয়কে জয় করে উনি কি করে এখানে এসে সাধনা করেছিলেন। বাস্তবিক ক্ষেত্রে বন্যতাকে জয় না করে শুধুমাত্র সাহস ও শক্তি কে অস্ত্র করে এটি সম্ভব ছিল না । মানুষের সাধনক্ষেত্র বা পীঠস্থান ভারতবর্ষে অনেক আছে কিন্তু দেব দেবীদের সাধনস্থল মহাপীঠ অমরকন্টক প্রায় সকলকে আকৃষ্ট করে।

এবার আসি মাতাজির কথায়- যার আশ্রম , যার সান্নিধ্য ,সাদা ধবধবে পাকা চুলের নিচে স্বর্গীয় রূপ,অনাড়ম্বর জীবনযাপন,আর্তদের সেবায় নিয়োজিত হৃদয় আমাকে বারবার টেনে নিয়ে যায় মৈকাল পর্বতের উপর ওই গেরুয়া রঙের আশ্রম মন্দিরে । মায়ের আদি বাড়ি কলকাতায় স্বনামধন্য বিশ্ববিদ্যালয় থেকে উচ্চ শিক্ষায় শিক্ষিত হয়ে, সুখ বিলাসী জীবন ত্যাগ করে, অত্যাধিক চেতনা নিয়ে যৌবনকালে এসেছিলেন "মাই কি বাগিয়া" তে৷ আমরা এখন দেখতে যাচ্ছি মায়ের সেই বারোটা বছর কাটানো সাধনার কুঁড়ে ঘরটিকে। আজও ভগ্নদশা নিয়ে দাঁড়িয়ে আছে৷ বিস্ময় জাগে মনে - ধবধবে ফর্সা, সৌম্যকান্তি, স্নিগ্ধতায় পূর্ণ মুখাবয়ব, সুন্দর সাবলীল শব্দচয়ন অধিকারিণী যুবতী কিভাবে কাটালো দীর্ঘ চোদ্দটি বসন্ত এই নির্জন গহন নিরালায় ! এখানেই নাস্তিকতা হার মেনে যায় ।

"মাই কি বাগিয়া" তে পৌঁছে পাহাড়ি জঙ্গলের মধ্যে দিয়ে মায়ের পরিত্যক্ত আশ্রম। প্রকৃতির ভয়ংকর সুন্দর নির্জনতা উপভোগ করতে লাগলাম । স্মৃতিধারণ করে এখান থেকে রওনা দিলাম ''মাই কি মারোয়া''র উদ্দেশ্যে । কিছুদুর যাওয়ার পর ধস নেমে রাস্তা বন্ধ হয়ে গেছে । যদিও ওখানে যাওয়ার কোনো পাকা সড়ক নেই৷ জঙ্গলের মধ্যে দিয়ে গাছ গাছালির পাশ দিয়ে আমাদের গাড়ি ধীরে ধীরে এগিয়ে চলছিল৷ ধস নামার জন্য এবার আমরা গাড়ী থেকে নেমে পায়ে হেঁটে চলতে লাগলাম৷ পথে কত চন্দন গাছ৷একবার গোয়া থেকে দুধসাগর জলপ্রপাতের পথে চন্দন দস্যু বিরাপ্পনের দখলীকৃত জঙ্গলে দূর থেকে চন্দন গাছ দেখেছি। কিন্তু এখানে প্রথম এত কাছ থেকে দেখলাম, স্পর্শ করলাম, একটা ছোট্ট ডাল ভেঙে গন্ধ নিলাম। গাছগুলির অনেক বয়স। পাশেই ভেলভেটের মতো লাল টকটকে অনেক ফুল ফুটে আছে । মায়ের সাথে থাকা দিদি ফুল তুলে আঁচলে রাখতে শুরু করলো। মা বললো খেয়ে দেখ ভালো লাগবে৷ এর আগে রাজস্থানে গোলাপ ফুলের চাটনি খেয়েছিলাম৷ কিন্তু সদ্য প্রস্ফুটিত ফুলের পাপড়ি খাওয়ার অভিজ্ঞতা এই প্রথম৷ বেশ মিষ্টি গন্ধ এবং টক স্বাদের এই পাপড়ি গুলো৷ দিদি যেগুলো আঁচল ভর্তি করে নিল সেগুলো আজ রাত্রে আশ্রমে ফিরে রুটির সাথে চাটনি হিসেবে খাবো আমরা৷ প্রসঙ্গত মায়ের এখানে আমরা যে রুটি খাই সেটি বিশেষ এক ধরনের ঘাসের বীজ থেকে তৈরি৷ আর সেই সাথে কিছুটা কচু পাতার মতো আকৃতি ও শাল পাতার মত রঙের চার-পাঁচটি

পাতাকে খিল দিয়ে জোড়া লাগিয়ে তৈরি থালা । যাইহোক গভীর জঙ্গলের মধ্যে দিয়ে হাঁটতে হাঁটতে আমরা পৌঁছালাম "মাই কি মারওয়া"তে।

এখানে শোন নদের সাথে নর্মদা নদীর বিয়ে অনুষ্ঠিত হয়েছিল। যেখানে স্বয়ং ভীম রন্ধন কার্যে নিযুক্ত ছিলেন। তার অনেক প্রমাণ এখানে রয়েছে । খড়ধারা পাড় করে আমরা পৌছালাম গুহার মধ্যস্থিত শিবলিঙ্গ দর্শনে । তারপর ধীরে ধীরে সবাই

পৃথিবীর প্রথম নাট্যমঞ্চ, যেখানে "মেঘদূত" মঞ্চস্থ হয়েছিল।

উপরে উঠে এল কিন্তু সংকীর্ণ গভীর নদী উপত্যকায় এবং জলের পাশে বিভিন্ন আকৃতির বড় বড় পাথর খন্ড এবং জলের ক্ষয় কার্যের ফলে প্রায় সমতল শিলার রিভার বেড আমাকে ও গোপালকে আকৃষ্ট করলো । তাই আমরা ওপরে না গিয়ে নিচে নেমে নদীর পাড়ে পৌছালাম । ওখানে বসে নদী ও ক্ষয়িত পাথরের অপরূপ শোভা মুগ্ধ হয়ে দেখতে লাগলাম। জঙ্গলের কোথায় কখন বিপদ লুকিয়ে থাকে তখনও সে অভিজ্ঞতায় সমৃদ্ধ হতে পারিনি। নির্লিপ্ত দৃষ্টিতে দেখছি পাহাড় কেটে জঙ্গলের মধ্যে দিয়ে শিলামাতৃকার উপর দিয়ে প্রবাহিত নদীকে। কিন্তু ততক্ষণে দূর থেকে লোভনীয় শিকারের মোহে আকৃষ্ট হয়ে একটি কুমির ওঁৎ পেতে ফেলেছে।

আসলে এই জায়গাটি যে প্রচুর কুমিরের আশ্রয়স্থল এটা আমাদের জানা ছিলোনা। হটাৎ করে দেব ভাই চিৎকার করে উঠলো - " দাদা জলদি ভাগ আইয়ে , মাগরমাছ আ গায়া হে ।" মুহুর্তের মধ্যে দৌড় মেরে ওই খাড়া পাড়কে লঙ্ঘন করে,জীবনের ঝুঁকি নিয়ে কিভাবে উপরে পোঁছলাম সত্যি তা অভাবনীয় । শুধু মাঝে মাঝে মনে হচ্ছিল এই বুঝি পেছন থেকে বড়ো ভয়ংকর মুখ আমাদের গিলে নেবে । উপরে পোঁছাতেই সকলে ভীষণ বকাবকি করলো। আসলে আমাদের না জেনে ওভাবে নদী বক্ষে নেমে যাওয়া ঠিক হয়নি । আবার একই পথে আমরা রওনা দিলাম আশ্রমের উদ্দেশ্যে ।

মায়ের আশ্রমের মন্দিরে মা নর্মদা, শ্রীশ্রী মা সারদা, ঠাকুর রামকৃষ্ণ ও বিবেকানন্দের মূর্তি আছে। সব ধরনের বাদ্য যন্ত্র আছে। তবলা বা খোল দেখলে বাজানোর লোভ সামলাতে পারিনা, তাই একজনের ভক্তিগীতির সুরে তবলায় সঙ্গতে বসে পড়লাম। খুব আনন্দে কাটলো অনেকটা সময়।রহড়া রামকৃষ্ণ মিশনের হোস্টেল বা বালকশ্রমের মন্দিরে চৈতন্য মহারাজের সাথে গানবাজনার স্মৃতি গুলো ভেসে উঠছিলো চোখের সামনে।

কাল সকালেই আমাদের ফিরতে হবে। তাই বেশি রাত না করে খেতে বসে গেলাম।মাতাজী রাত্রে খান না।আমাদের জন্য ঘাসের বীজের মত একধরনের অনুন্নত ফসলের আটার রুটি, বাঁধা কপির তরকারি ও বিশেষ একটা ফুলের চপ বরাদ্দ।এই রুটি খুব স্বাস্থ্যকর। মায়ের পাশে বসিয়ে আমাদের খাওয়ানো,গায়ে হাত বুলিয়ে দেওয়া এখনো অনুভব করি।

এখানকার মনোরম আবহাওয়া আশ্রমের বিলাসবিহীন শয্যাকে আরামদায়ক করে তোলে। ঘুম থেকে উঠে সকলকে বিদায় জানিয়ে আশ্রমের বাইরে পা রাখলাম। বন্য প্রাণীদের জল খাওয়ার জন্য আশ্রমের বাইরে একটা পাকা চৌবাচ্চায় জল ভর্তি করে রাখে মা। কাল রাতে বাঘ এসে জল খেয়ে গেছে। বাঘের পায়ের ছাপ এখনো স্পষ্ট। আমাদের কাছে এটাই এডভেঞ্চার।

মাঝে মাঝে মনে হয় উপজাতি সম্প্রদায় মানুষের ঔষধের ব্যবস্থা করা, বাচ্চাদের জামা কাপড় দেওয়া, নর্মদা পরিক্রমাকারী সাধকদের নিজে হাতে খাওয়ানো অথবা প্রতিদিনের কত অভুক্তদের তৃপ্তি করিয়ে খেতে দেওয়ার এই বিপুল ব্যয়ের অর্থ কোথা থেকে আসে! মাকে প্রশ্ন করলে উত্তর দেয় "ঠাকুর ঠিক জুটিয়ে দেয়"।

ঠাকুরের এই জুটিয়ে দেওয়া দীর্ঘ কয়েক দশক ধরে চলে আসছে। ভবিষ্যতেও চলবে। স্বামীজীর প্রিয় এই মৈকাল পর্বতের উপরিস্থিত আশ্রম পাতালেশ্বর শিব অথবা দেবী নর্মদার দৃষ্টির গোচরে রইবে চিরকাল । মহাপিঠে এলে সেখানে তিনরাত্রী যাপন করতে হয় এটাই আধ্যাত্মিক নিয়ম। আমরা তিনরাত্রী কাটিয়ে চললাম পেনড্রা রোড। পিছনে রইলো অনেক স্মৃতি।

সমাপ্ত

ঋত্বিষা মাতাজি

হিমালয়ের কোলে

সবুজের বার্তা নিয়ে গ্রীন সোলজার্স

পূর্ব সিকিমের জুলুক থেকে কুপকুপ অভিমুখে যখন বরফ মোড়া অসংখ্য হেয়ারপিন টার্ন কে অতিক্রম করে সর্পিল গতিতে গাড়ির দুটো চাকায় ইস্ট ইন্ডিয়া কোম্পানির তৈরি চেন লাগিয়ে পৌঁছালাম থাম্বি ভিউ পয়েন্টে এবং মাইনাস তেরো ডিগ্রী সেন্টিগ্রেড তাপমাত্রায় আমি, খায়ের ও সুব্রত সম্পূর্ণ খোলা গায়ে উৎফুল্লতার উষ্ণতায় নেচে উঠেছিলাম, ঠিক তখনই আমাদের উচ্ছ্বাস দেখে কৌশিক বলেছিলো 'চলো দাদা এবার লেহ লাদাখ ঘুরে আসি'।

প্রত্নতাত্ত্বিক নিদর্শন থেকে জানা যায় নব্য প্রস্তর যুগেও লাদাখে মানুষের বসবাস ছিল। কিন্তু বিভিন্ন সময় বৈদেশিক আক্রমণে লাদাখের কলেবর কখনো বৃদ্ধি পেয়েছে কখনো সংকুচিত হয়েছে। তিব্বতীয় সংস্কৃতির প্রভাবমুক্ত লেহ এবং কার্গিল জেলা নিয়ে গঠিত বর্তমান লাদাখকে ক্ষুদ্র তিব্বতও বলা হয়।

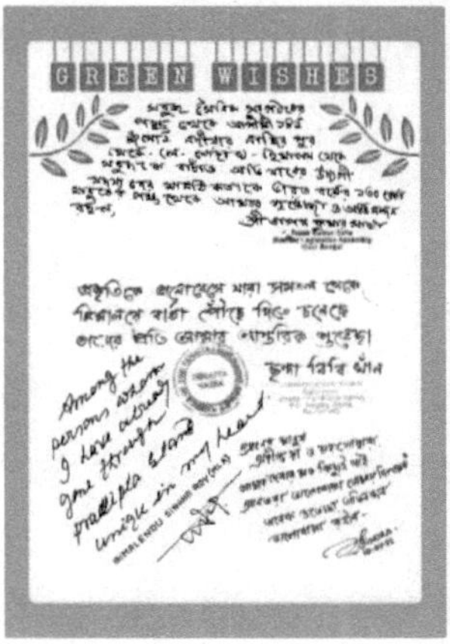

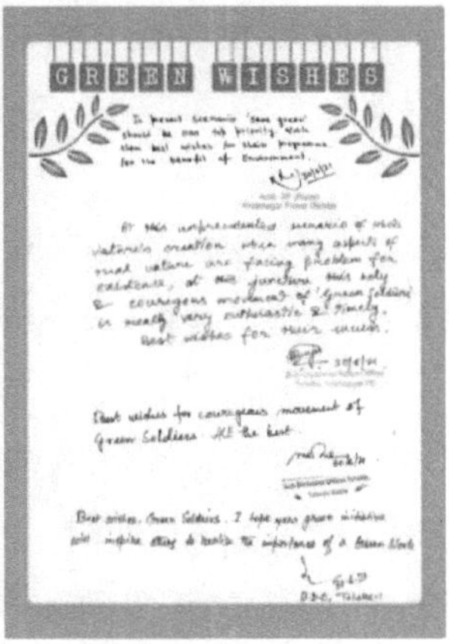

লাদাখের নুব্রা ভ্যালি, প্যাংগং লেক, খারদুং-লা,তুর্তুক ভিলেজ, শান্তিস্তুপ, লেহ প্যালেস্, লামুয়ুরু মনাস্ট্রি, সঙ্গম পয়েন্ট, গুরুদুয়ারা পাথর সাহেব, হল অফ ফেম, ম্যাগনেটিক হিল,মুন ল্যান্ড, কার্গিল ও দ্রাস শহর, শীতল মরুভূমি, বরফে ঢাকা চূড়া, মেঘহীন নীল আকাশ, জন মানবহীন প্রান্তর, এসবের গল্প দুঃসাহসিক, রোমাঞ্চকর অভিযান পিপাসু মানুষকে আকর্ষণ করে। আমাকেও করেছিল।

রহড়া রামকৃষ্ণ মিশন বালক আশ্রমে শিক্ষকতা করার সময় রহড়া "রামকৃষ্ণ মিশন ব্রহ্মানন্দ কলেজ অফ এডুকেশন" এর অধ্যক্ষ স্বামী কেদারাত্মানন্দজী মহারাজের স্নেহ ধন্য হতে পারার জন্য বিশেষ কাজে একবার আমায় মনসাদীপ রামকৃষ্ণ মিশনে পাঠিয়েছিলেন। ওখান থেকে মাত্র কয়েক কিলোমিটার দূরে কপিলমুনির আশ্রম হয়ে গঙ্গাসাগরের ঝাউবনের উপকূলে বসে একজন মহারাজের কাছে শুনেছিলাম "সব তীর্থ বারবার, গঙ্গাসাগর একবার"। তারপর ইয়ুমথাং, ছাঙ্গুলেক, মন্দাকিনী ফলস্ অথবা কাটৌ কোথাও যেন পর্বতের প্রতি ভালবাসার আকর্ষণ এনে দিয়েছিল। জুলুক থেকে ফেরার পথে সেলারিগাঁও ভিলেজে বসে শুভ্র কাঞ্চনজঙ্ঘাকে দেখতে দেখতে হিমালয়ের কোলে বসবার সাধ জেগেছিলো। এরপর অনেকগুলো ছোট ছোট অভিযান, খাড়া পাহাড়ে পায়ে হেঁটে ওঠা অথবা গভীর জঙ্গলে মধ্যরাত্রিতে পথ হারানোর পথে শুনেছিলাম গঙ্গাসাগরের পুণ্যস্নান তো আছেই কিন্তু মানুষ হয়ে জন্ম গ্রহণ করলে একবার লাদাখের মাটি স্পর্শ করতে না পারার অর্থ 'বৃথা জীবন'।

অভিযানের স্বপ্ন অনেকেরই থাকে কিন্তু সঠিক সুযোগ বা সময়ের প্রতিকূলতা তাকে বাস্তবে পরিণত হতে দেয় না । বোন মৌমিতা যখন ষষ্ঠ শ্রেণির শিশু ছিল তখন বাড়ি থেকে পিঠে ব্যাগ নিয়ে, দড়ি নিয়ে বাড়ির পেছনের বাগানে গিয়ে, জঙ্গলের মধ্যে খেলাখেলা অভিযান করত । অথবা গাছের ডালে দড়ি ঝুলিয়ে দড়ি বেয়ে উপরে উঠে পড়তো । স্নাতক স্তরে এসে আজও ওর সেই স্বপ্ন বাস্তবায়ন করার ইচ্ছা আছে। এমন ইচ্ছে অনেকেরই থাকে কিন্তু তা স্বপ্ন হয়েই রয়ে যায়। আমিও স্বপ্ন দেখেছিলাম কিন্তু ভাবিনি শারীরিক, আর্থিক বা পারিবারিক প্রতিকুলতাকে কাটিয়ে কোনদিন সেই স্বপ্ন পূরণ করতে পারব। কিন্তু আজ সব বাধা অতিক্রম করে শুধু মনের জোর নিয়ে আমি স্বপ্নপূরণের শুভযাত্রা করতে চলেছি।

আজ ১৪ই জুলাই ২০২১ তারিখ সমতল থেকে পাহাড়ে "সেভ নেচার সেভ প্লানেট" এবং মরণোত্তর অঙ্গ দানের বার্তা নিয়ে আমরা চারজন সবুজ সৈনিক সকাল ন'টার সময় বাড়িতে মাছ ভাত খেয়ে, ভাতৃপ্রতিম অঞ্জন(রাজা)-এর ব্যবস্থাপনায় ঔষধের দোকান 'অশ্বিনী মেডিকেল হলে'র সামনে পৌছালাম । ওখানে "নাজিরপুর পাশেই আছি ওয়েলফেয়ার সোসাইটি"র পক্ষ থেকে আমাদের শুভযাত্রা কামনায় পিসিমনি রিতা সাহার স্নেহমাখা চোখের জল,ভ্রাতৃপ্রতিম সুব্রত গয়লা,রাজীব সাহা, তন্ময় সাহা,বাচ্চু পাল,বন্ধুবর বিপ্লব পাল সেইসাথে ভাই প্রেমানন্দের শুভকামনার বার্তার সাথে ওদের দেওয়া ভালোবাসার শুকনো খাবার, পুষ্পস্তবক নিয়ে বিদায় জানালাম নাজিরপুরকে ।

নতুন কালো রংয়ের ক্রেটা গাড়ির সামনে ফ্লেক্সে মুদ্রিত আছে সবুজের বার্তা এবং বার্তা বাহকদের নাম-ছবিসহ আখ্যা। পেছনের কাঁচের উপর স্টিকারে লেখা আছে মরণোত্তর চক্ষুদানে আগ্রহী মানুষের যোগাযোগের জন্য আমার মোবাইল নম্বর ও নাম। কারণ ইতিমধ্যেই আমাদের রক্তদান শিবিরে আমি মরণোত্তর চক্ষুদান করেছি।

বেতাইয়ের অ্যাডিশনাল এস.পি. মাননীয় কৃশানু ব্যানার্জি বিশেষ কাজে কাল রাত্রে কলকাতা চলে গেছেন। তাই ফোন করেই তিনি আমাদের শুভেচ্ছা জানিয়েছেন। ওখান থেকেই ভাতৃপ্রতিম শিক্ষক ও আর্যাবর্তের সভাপতি জয়ন্ত,সেই সাথে মনোজ ও দীপঙ্কর দা বাইক নিয়ে রওনা দিলো তেহট্ট মহকুমা শাসক মাননীয়া মৌমিতা সাহার দপ্তরে । আনন্দবাজার পত্রিকার সাংবাদিক সাগর হালদার ,বর্তমান পত্রিকার সৌরভ ভট্টাচার্য্য, প্রতিদিন পত্রিকার রমণী বিশ্বাস, নিউজ বাংলার সাংবাদিকরা শুধুমাত্র খবরের খোঁজেই নয় আমাদের শুভেচ্ছা জানাতেও পৌঁছেছেন ওখানে।এস.ডি.ও. মহাশয়ার শুভেচ্ছা বার্তা, আর্যাবর্ত সহ সকলের ভালোবাসা নিয়ে আমাদের গাড়ির চাকা গড়িয়ে চললো ভয়ঙ্কর সুন্দর অভিযানের লক্ষ্য বিন্দুতে।

পরের দিন খবরের কাগজে টিভির পর্দায় এই বিশ্ব মহামারীর সময় দাঁড়িয়ে চারজন শিক্ষকের প্রকৃতিকে রক্ষা করার বার্তা সকলেই দেখবে। ভালোলাগার পাশাপাশি কৌশিকের একক নেতৃত্বে কুক, পোর্টার ও শেরপা বিহীন পর্বত জয়ের সফলতার দায়িত্ব যেন আরো বেড়ে গেল।

একরাশ শুভেচ্ছা ও ভালোবাসা কে সঙ্গে নিয়ে আমাদের প্রথম রাত্রিযাপনের স্থান বিহারের সাসারামের উদ্দেশ্যে রওনা হলাম। পথে পানাগড়ে রোহিতের কাছে থেকে সোলার প্যানেল, স্নোবুট, ক্রাম্পন নিয়ে চা খেয়ে পৌছালাম আজাদের গৌরী দেবী নার্সিংহোম। রোহিত এবং আজাদ দুজনেই পর্বতারোহী। পর্বত আরোহনের সকল জিনিসপত্র ওদের ক্লাবে রাখা থাকে। সেখান থেকে আমাদের প্রয়োজনীয় জিনিসপত্র গাড়িতে তুলে নিলাম। রোহিত ও আজাদের শুভেচ্ছা নিয়ে আবার ড্রাইভিং শুরু করলাম। এবার উদ্দেশ্য সুরজদার বাসা। সুরজ কুমার বড়োই ভালো মানুষ। নাজিরপুর ইউনাইটেড ব্যাংকের ম্যানেজার ছিলেন বেশ কিছুদিন। বর্তমানে সাসারামের পাঞ্জাব ন্যাশনাল ব্যাংকের ম্যানেজার উনি। আমাদের অভিযানের কথা শোনার পরেই প্রথম রাত্রি সুরজ দার বাসায় থাকবার আমন্ত্রণ জানিয়েছেন।

বাইরে বেরোলে করোনা সচেতনতা সম্পূর্ণভাবে মেনে চলা সম্ভব নয়। তাই বিকেল চারটার সময় জনমানবহীন ফাঁকা রাস্তার ধারে একটা ধাবাতে আমাদের মধ্যাহ্ন ভোজন সেরে ভেবেছিলাম রাত নটার মধ্যে সাসারামে পৌঁছে যাব। কিন্তু যানজটের কারণে সুরজদাকে আমাদের জন্য রাত সাড়ে এগারটা পর্যন্ত বসে থাকতেই হলো। রাস্তা থেকে সামান্য কিছুটা গিয়ে সুরজদার ফ্ল্যাটের নিচে গাড়ি পার্কিং করেই

আমাদের প্রয়োজনীয় দুই-একটি জিনিস নিয়ে ফ্ল্যাটের ঘরে ঢুকলাম। একদম অন্য স্বাদের মাংস,রুটি আর সরু চালের ভাত। খাওয়া সেরে পাশের ঘরের খাট ফেলে রেখে আমাদের চার জনের সঙ্গে মেঝেতে একটা বিছানাতেই সুরজদা আমাদের সঙ্গে শুয়ে পরলো।

সারাদিনের অক্লান্ত পরিশ্রমের পরেও আমাদের জন্য না খেয়ে অপেক্ষা করছিলো সূরজদা। কিছুক্ষণ গল্প করে ঘুমিয়ে পড়লাম সবাই। সকালে উঠে সুরজদা নিজে হাতে আমাদের তুলসী জুস আর চা বানিয়ে খাওয়ালো। স্নান সেরে সকাল সকাল বেরিয়ে পড়লাম। ফেরার পথে আর এখানে আসা হবেনা। তার আগেই পুরুলিয়ার এক ব্রাঞ্চে বদলি হবে সুরজদার।

আজ ১৫তারিখ। সারাদিন গাড়ি চলবে। এলাহাবাদ হয়ে, তাজমহলের চূড়াকে ডানদিকে রেখে, দুপুরে শিব হোটেলে খেয়ে, ইস্টার্ন পেরিফেরাল বাইপাসের ধারে 'হোটেল পাঞ্জাব কিং' এ একটি এসি রুম বুক করলাম। এখানে ভীষণ গরম। স্নান সেরে একটু রেস্ট নিচ্ছি, হটাৎ করে বাথরুম থেকে বেরোতে গিয়ে সুদীপ্ত পিছলে পড়ে গেল মার্বেলের মেঝেতে। খুব ভয় পেয়ে গেছিলাম। আঘাত মানেই পর্বত অভিযান বাতিল। কারণ মনের জোর, অদম্য সাহসের পাশাপাশি শারীরিক সুস্থতা এক্ষেত্রে ভীষণ জরুরি। ঈশ্বরের কৃপায় সামান্য আঘাত পেলেও তেমন কিছু হয়নি। আমি ও সুদীপ্ত একটা বেডে আর কৌশিক ও কাকা আরেকটা বেডে শুয়ে পড়লাম।

১৬তারিখ সকালে উঠেই স্নান করে, চা বিস্কুট খেয়ে হোটেল ছাড়লাম। সুযোগ পেলে স্নান সেরে নিচ্ছি, কারণ সারাদিনের ক্লান্তি তো আছেই সেইসাথে ক্লাইম্বিং-এর সময় ক'দিন স্নান না করে থাকতে হবে তার কোনো ঠিক নেই।

ইতিহাসের পাতায় পানিপথের যুদ্ধ পড়েছিলাম, আমাদের গাড়ি এখন সেই পানিপথের ওপর দিয়ে সোনিপথ হয়ে কুরুক্ষেত্র পার করলো। যদিও মহাভারতের সেই কুরুক্ষেত্রের যুদ্ধ ময়দান দেখার সৌভাগ্য হয়নি। এরপর লুধিয়ানা, জলন্ধর হয়ে পৌছালাম পাঠানকোট। এ সেই পাঠানকোট যেখানে বায়ুসেনার খাটিতে হামলা হয়েছিল। পাঠানকোটে জলযোগ সেরে আমাদের গাড়ি থামলো 'ভারতের সুইজারল্যান্ড' খাজিয়ারে। সত্যিই এ যেন সুইজারল্যান্ডের কোন এক উপত্যকায় দাঁড়িয়ে আছি আমরা। চারিদিকে পাইন গাছের সমারোহ, আর গাছগুলি কাঁচা সবুজ পাইন ফলে ভর্তি

হয়ে আছে। মাঝখানে বিস্তীর্ণ ঘন সবুজ উপত্যকা তার মাঝে ছোট একটি লেক। আকাশ থেকে ঘন কুয়াশার মতো মেঘ গুলি পাইন গাছের মাথায় খেলা করছে। মন চাইছে প্রকৃতির ওই নিভৃত সবুজ চাদর বিছানো উপত্যকায় আরো অনেকটা সময় অতিবাহিত করতে। কিন্তু আমাদের হাতের সময় খুব কম তাই খাজিয়ারকে বিদায় জানিয়ে আমরা যখন চাম্বা বাজার পৌছালাম তখন পাহাড়ে অন্ধকার নেমে এসেছে । এখান থেকে আমাদের প্রয়োজনীয় মুদি দ্রব্য, সবজি, কিছু ফল, চকলেট ও সেই সঙ্গে রাতের খাবার নিয়ে নিলাম। রাত তখন দশটা । শতরুণ্ডি পাহাড়ি রাস্তা থেকে নেমে টেন্ট খাটানো হল । আমাদের যাত্রাপথে এটাই প্রথম টেন্টে রাত্রি বাস।

আজ ১৭তারিখ। ঘুম থেকে উঠেই টেন্ট গুটিয়ে সাচপাস হয়ে পৌঁছলাম কিলার রোড। জম্মু কাশ্মীরের কিস্তওয়ার এবং হিমাচলের কেলন শহরকে যুক্ত করেছে কিলার রোড। নাম শুনেই এই রাস্তার ভয়াবহতার ধারণা পাওয়া যায় । এটি পৃথিবীর সবচেয়ে বিপদজনক রাস্তার মধ্যে একটি। খাড়া পাহাড়ের গা কেটে তৈরি হয়েছে এই সংকীর্ণ রাস্তা। মাঝে মাঝে একাধিক ধসের চিহ্ন স্পষ্ট হয়ে আছে। দূরে বেশ কয়েক জায়গায় দেখতে পেলাম কোন বড় বোল্ডারের গায়ে অথবা অনেক নিচের ভি উপত্যকায় খেলনা গাড়ির অবশিষ্টাংশের মত দামি গাড়ির যেন খোলস পড়ে আছে। কিন্তু ওই গাড়ির ভেতরে থাকা দামি প্রাণ গুলির কি অবস্থা হয়েছিল তা ভাবলে শরীর আঁতকে ওঠে। আসলে লে-লাদাখে কার এক্সপিডিশন বা পাহাড় চূড়া জয় করবার আকাঙ্ক্ষা থাকলে,বুকে দুর্নিবার সাহস নিয়ে মৃত্যুভয়কে পেছনে ফেলে রাখতে না পারলে জয়ের লিপ্সা অধরাই থেকে যাবে।

আমাদের উল্টো দিক থেকে আসা একদল মেষ নিয়ে একজন মেষপালককে দেখতে পেলাম। অবাক হলাম এই ভেবে পৃথিবীর বিপদজনক এই রাস্তায় প্রকৃতির প্রতিকূলতাকে জয় করে কিভাবে এরা জীবন অতিবাহিত করছে। ভূগোলের পাতায় 'ট্রান্সহিউম্যান্স' পড়েছিলাম। আজ স্বচক্ষে ঋতুভিত্তিক পশুপালক যাযাবরদের দেখতে পেলাম। সত্যি ভাবলে অবাক হতে হয়, কত সুখে আছি আমাদের মত সমতলের মানুষেরা। এসব ভাবতে ভাবতেই হঠাৎই একটা ঝাঁকুনি খেয়ে আমাদের গাড়ি দাঁড়িয়ে গেল। সামনের বামদিকের গেট খুলে সুদীপ্ত তাড়াতাড়ি বেরোতে গিয়ে সিট বেল্টে আটকে গেল। খুব দ্রুততার সঙ্গে সিট বেল্ট খুলে নেমে ও গাড়ির সামনে চলে গেল। আমাদের ডান দিকে কয়েক হাজার ফিট খাড়া ঢাল আর

বামদিকের ওপরের খাড়া ঢালের ছোট ছাদ। এতক্ষণে বুঝে গেছি গাড়ির ডান দিকের সামনের চাকা নিচে ঝুলছে। সুদীপ্ত জীবনের ভয়ে নেমে গেলেও আমাদের নামার কোন উপায় নেই । দূর থেকে দেখা গাড়িগুলো ঠিক এভাবেই খেলনা গাড়িতে পরিণত হয়েছে । ইতিমধ্যেই সামনে থেকে একটি আর্মিদের গাড়ি আসলো । আমাদের সাহায্যের হাত বাড়িয়ে দিল । পাহাড়ে একবিন্দু ভুল সংশোধনের জায়গা থাকে না, একটি ছোট্ট ভুল মানেই মৃত্যু । কিন্তু আমরা এ যাত্রায় বেঁচে গেলাম।

মুর প্লেন

মৃত্যুচেতনায় ব্যর্থ অভিযান

উদয়পুর থেকে বিকেলে বেরিয়ে তান্ডিতে লাস্ট পেট্রোলপাম্প থেকে ফুল ট্যাংক করে নিলাম। কেলং, জিস্পা হয়ে পাতসিও দিপকতাল (পাহাড়ি লেক) পৌঁছালাম। ওখান থেকে বারালাচা পাসে উঠে খাওয়ার জল ভরে নেওয়ার পর জলকাদার পাহাড়ি রাস্তা ক্রস করে ওপারে টেন্ট খাটালাম। আজ রাতে ঘুমটা ঠিক ভালো হলো না। সকলে ঘুম থেকে উঠে সকলে ঝিমোচ্ছে।

আজ আঠেরোই জুলাই। বিগত চার দিনের ধকলে সকলের শরীর ক্লান্ত হলেও বরফের চাদরে মোড়া পাহাড় জয়ের স্বপ্ন মনের উৎফুল্লতাকে কোনো অংশে কমতে দেয়নি। পাহাড়ের মাইলের পর মাইল রাস্তা চারিদিকের সৌন্দর্যকে সঙ্গে নিয়ে গাড়ির চাকা চলতেই থাকছে। হিমাচলের বুক চিরে সারচু হয়ে ছাগালা পাস থেকে নাকিলা পাস। সেখান থেকে পাঙ্গ হয়ে মুর প্লেন হয়ে পৌঁছালাম সোকার ভিলেজ। এখানে

একটিই দোকান আছে সেখানে চা খেয়ে কিছু স্ন্যাক্স কিনলাম। শেষ জলের কল থেকে ড্রাম ভর্তি করে নিলাম। এবার বিস্তৃত সল্ট প্যানের পাস দিয়ে যাবার সময় বন্য গাধা ও অচেনা পাখি দেখলাম। এবার সেই বহু আকাঙ্ক্ষিত পোলোগঙ্কা-লা হয়ে পৌঁছালাম বেস ক্যাম্পে। অপরূপ প্রাকৃতিক সৌন্দর্যের আকর্ষণে গাড়ি থেকে নেমে জিনিসপত্র নামানোর কথা ভুলে গেলাম।

সাদা পাহাড়ে চারিদিক বরফাবৃত সৌন্দর্য মন্ডিত হিমালয়ের প্রাচীরের মাঝখানে একটা ছোট্ট উপত্যকা। তারমাঝে দাঁড়িয়ে ঘন নীল আকাশকে মাথার ওপর রেখে আমরা ধরিত্রীর কোলে স্বর্গীয় আবাসে হারিয়ে গেলাম । মাইলের পর মাইল চারিদিক বিস্তীর্ণ অঞ্চলের মধ্যে আমি, কৌশিক, সুদীপ্ত ও কাকা ছাড়া আমাদের অগোচরে আছে কিছু বুনো খরগোশ আর স্নো লেপার্ড । ডানপাশের আরেকটি উপত্যকা আমাদের প্রস্রাবাগার এবং তার পরের উপত্যকাটি আমাদের প্রাতঃকৃতের জায়গা। বামদিকের উপত্যকাটির মধ্যে একটা বড় বোল্ডার রয়েছে, ঠিক তার সামনেরটা আমাদের রান্নাঘর। আমরা এখন প্রায় মাউন্ট এভারেস্ট বেস ক্যাম্পের উচ্চতায় আছি। গাড়ি থেকে একটা জিনিস নামালেই মনে হচ্ছে পাঁচশো মিটার দৌড়ে এলাম। ভীষণ ধীরগতি নিয়ে কাজ করতে হচ্ছে। হাই অল্টিটিউডের জন্য একটুতেই হাঁপিয়ে যেতে হচ্ছে। আমাদের বড় সবুজ টেন্টটা এখানেই খাটালাম। কারণ কাল সকালে ছোট্ট টেন্ট লোড ফেরি করে সামিট ক্যাম্পে পৌঁছাতে হবে। আমাদের রান্নাঘরের পাশেই উপত্যকাটিতে জলের খোঁজে গেলাম। সংকীর্ণ খাতের পাস দিয়ে হেঁটে যেতে যেতে হেড টর্চের আলোয় এক ফোঁটাও জলের চিহ্ন কোথাও চোখে পড়ছে না । অনেকটা ওপরে ওঠার পর পাথরের খাঁজে অল্প একটু জল দেখতে পেলাম। এই জল সংগ্রহ করেই আমাদের পান করা ছাড়া উপায় নেই। মনে পড়ে গেল বিয়ার গ্রিলসের অভিযানে গিয়ে সার্ভাইভ করার কথা। আজকের মত এখানেই থাক,কাল দিনের বেলায় দেখবো। কারণ প্রচন্ড ঠান্ডা, হিমের হাওয়া সেইসাথে অক্সিজেনের সমস্যায় আমরা হাঁপিয়ে উঠেছি। প্রেসার কুকারে চাল,ডাল, আলু দিয়ে বেশি উচ্চতার জন্য কম বায়ু চাপের প্রভাবে প্রায় পঁচিশটা সিটি দিতে হলো। আমরা পাম্পিং স্টোভ এনেও ভুল করে ফেলেছি কারণ বায়ুচাপ জনিত সমস্যার স্টোভ জ্বালাতে সমস্যা হচ্ছে। পাহাড়ে খাবারের স্বাদ বড় কথা নয় বেঁচে থাকার জন্য সামনে যেটুকু পাওয়া

যাবে সেটুকুই আনন্দের সঙ্গে গলাধঃকরন করতে হবে। তাড়াতাড়ি খাওয়া সেরে টেন্টে প্রবেশ করে চেন লাগিয়ে স্লিপিং ব্যাগের মধ্যে ঢুকে পড়লাম ।

মোবাইল গুলো এখন যেন খেলনা। কাছের মানুষগুলো চরম উৎকণ্ঠায় দিন কাটালেও যোগাযোগের কোন ব্যবস্থা নেই। এইভাবে যোগাযোগ বিহীন হয়ে কাটাতে হবে বেশ কয়েকদিন। এত সকাল সকাল ঘুমানোর অভ্যাস নেই তাই চুপ করে শুয়ে আছি। নিজেদের মধ্যে গল্প করতেও সমস্যা কারণ আস্তে আস্তে কথা বললেও হাঁপিয়ে যাচ্ছি। এ এক অদ্ভুত ভয়ঙ্কর অভিজ্ঞতা।

অনেকক্ষণ শুয়ে থাকার পর স্বাভাবিকভাবেই বাইরে যাওয়ার প্রয়োজন হল। কিন্তু বাইরের একা যাওয়া যাবেনা তাই হেড টর্চ নিয়ে টেন্টের আলো জ্বালিয়ে একসাথে বেরোলাম সকলে। কঠিন সমস্যা শুরু হলো এই মুহূর্ত থেকেই । কয়েক হাত দূর থেকেই হেঁটে এসে মনে হলো কয়েক কিলোমিটার দৌড়ে এসেছি । ভীষণ জোরে জোরে নিশ্বাস নিতে হচ্ছে।

রাত্রি তখন বারোটা বাজে। স্লিপিং ব্যাগ এর মধ্যে সবাই ঘুমোচ্ছে। কিন্তু আমার কিছুতেই ঘুম আসছে না। হঠাৎ করে বলে উঠলাম "উফফ্- এভাবে আর কতক্ষণ জেগে থাকা যায়।" কথাটা অনেকক্ষণ থেকেই ভাবছি কিন্তু বলতে পারছিনা । মনের ভাবনা আর কাজের মধ্যে কোন মিল নেই । অক্সিজেনের সমস্যার সাথে সাথে মাথাও কোন কাজ করছে না। হাই অল্টির এটা একটা বড় সমস্যা। এভারেস্ট অভিযাত্রী অনেকেই এই সমস্যার জন্য কোমায় চলে গিয়ে মারা গিয়েছেন। আমার কথাটা শোনার কিছুক্ষণ পর সুদীপ্ত বলে উঠলো দাদা আমারও ঘুম আসছে না। ভীষণ মাথা যন্ত্রণা করছে। কাকা বলে উঠলো এভাবে আসা আমাদের ঠিক হয়নি। কৌশিক নিরুত্তর। সুদীপ্ত উঠে পড়ল অক্সিজেন স্যাচুরেশন মেপে বলল আমার অক্সিজেন লেভেল সাইত্রিশ! এবার কৌশিক বলে উঠলো আবার ভালো করে মেপে দেখ। পুনরায় মাপার পরেও সাইত্রিশই রইলো।

আমার কাছে সমস্ত ওষুধপত্রের ব্যাগটা আছে। তাই এবার প্রথমেই বের করতে হবে মিউসিন্যাক ছয়শো ট্যাবলেট। জলের মধ্যে দিয়ে খেলে শরীরে অক্সিজেনের মাত্রা বাড়বে কিন্তু সমস্যা হল সমস্ত ঔষধ সুন্দর করে সাজিয়ে রাখা হলেও কিছু খুঁজে পাচ্ছিনা। মাথায় কোন কাজ করছে না। অনেকক্ষণ খোঁজা-খুঁজির পর পাওয়া গেল কিন্তু গ্লাস পাওয়া যাচ্ছে না। বাধ্য হয়ে বোতলে গুলেই সুদীপ্ত খেয়ে

নিলো। ওতেও অক্সিজেন স্যাচুরেশন বাড়ছে না। এবার বের করলাম মিনি অক্সিজেন সিলিন্ডার। তিনটে সিলিন্ডার নিয়ে গেছি,প্রতিটাতে দেড়শো করে স্প্রে হবে । কৌশিক বলল ডেরিফাইলিন ইঞ্জেকশন রেডি করো। কষ্ট আমারও হচ্ছে। এই সামান্য কাজটুকু করে আমি হাঁপিয়ে উঠেছি। এবার রীতিমত ভয় পেয়ে গেলাম। কারণ যে সুদীপ্ত একটি পাহাড় চূড়া জয় করেছে এবং বেশ কয়েকটি বেস ক্যাম্পে গেছে এবং কৌশিকের সাথে উত্তর কাশীর "নেহেরু ইনস্টিটিউট অফ্ মাউন্টেনারিং" শংসাপত্র প্রাপক ওয়েলট্রেন্ড পর্বত আরোহী । সেই সুদীপ্তর যখন এমন অবস্থা তাহলে করোনা আক্রান্ত হওয়ার কিছুদিন পরেই এই প্রদীপ্ত তো ভালো থাকার কথা নয় ! তাই ভয়ের জন্যই সুদীপ্তর অক্সিজেন নেওয়ার পর আমিও নিলাম। কাকার চোখ মুখ ফুলে গেছে। সকলে ভীষণ অসুস্থ ।

আসলে কৌশিকেরও সমস্যা হচ্ছে, কিন্তু ও ভেঙে পড়লে আমাদের মানসিক ক্ষমতা শূন্যে নেমে আসবে। তাই ও বললো,'ঠিকআছে ক্লাইম্ব অফ, গো ডাউন'। রাত্রির প্রতিটা মুহূর্ত মৃত্যু চেতনায় কাটছে। মনে করতে না চাইলেও বারবার মনে হচ্ছে আর কারো সাথে হয়তো দেখা হবে না । মনের মানুষগুলোর মুখ চোখের সামনে ভেসে উঠছে । সত্যিই যদি আমরা মারা যায় চার দিনের আগে আমাদেরকে কেউ রেস্কিউ করতে আসবে না । ততক্ষণে স্নো লেপার্ড আমাদের শরীরের কিছু মাংস হয়তো অবশিষ্ট রাখবে না। ভীষণ মাথাটা ভারী হয়ে গেছে প্রচন্ড যন্ত্রণাও করছে । রেক্সিপ্রা ফোর্ট-এর কাজটা হয়তো শেষ রাতে শুরু হলো । এই নার্ভের ওষুধটা আমি ও কৌশিক দুজনেই খেয়েছি । মনে হচ্ছে এবার ঘুমিয়ে পড়বো । কিন্তু কেন জানিনা দৃঢ় বিশ্বাস এ ঘুম আর ভাঙবে না । অদম্য শক্তি দুঃসাহসিক মনের জোর ছিল বলেই ইয়েলবং ক্যানিয়ন অভিযান সফল করতে পেরেছি । এবারেও তার অন্যথা হওয়ার কথা নয়। কিন্তু উচ্চতা বৃদ্ধির সাথে সাথে শরীরকে অ্যাডাপ্ট না করিয়ে প্রায় পাঁচ হাজার একশো তিরিশ মিটার উচ্চতায় চলে আসার জন্য আজ এই অবস্থার সম্মুখীন হতে হয়েছে ।

ঘুমিয়ে ছিলাম কিনা জানিনা । টেন্টের ভেতরে আলো বুঝিয়ে দিল ভোর হয়ে গেছে। সবাই উঠে পড়লাম । প্রত্যেকের চেহারা অচেনা লাগছে । অনেক কাজ, সবকিছু গোটাতে হবে । নিজের মতো করে যে যার মত গাড়িতে জিনিসপত্র লোড করছি। মাঝে মাঝে বোল্ডারের ওপর বসে রেস্ট নিতে হচ্ছে । নিরাশ দৃষ্টিতে

পোলোগঙ্কার চূড়ার দিকে তাকিয়ে ব্যর্থ অভিযানের যন্ত্রনা বুকে নিয়ে রওনা দিলাম লেহ্ শহরের উদ্দেশ্যে।

বারংবার চেষ্টায় জয়ের উল্লাস

আজ উনিশে জুলাই। অসফল অভিযানের কষ্টকে সঙ্গে করে এবং শরীর-মনের ব্যথা কে বহন করে সেই সোকারভিলেজ, সল্ট প্যান্ হয়ে পৃথিবীর দ্বিতীয় উচ্চতম মোটরেবল পাস টাংলাং-লা পৌছালাম । উপসিতে পৌঁছে আর্মিরা আমাদের গাড়ি স্যানিটাইজ করে প্রত্যেকের র‍্যাট টেস্ট করালো । এবার দশ মিনিট অপেক্ষা । একজনের পজেটিভ হলেই আর্মি তত্ত্বাবধানে আমাদের সকলকে কোয়ারেন্টাইন থাকতে হবে চোদ্দো দিন। যাই হোক আমাদের সকলের রিপোর্ট নেগেটিভ এসেছে। এরপর 'কারো' হয়ে বিকেলবেলা পৌছালাম লেহ্ শহরে। ভারতের উচ্চতম বিমানবন্দর "কুশোক বাকুলা রিমপোচি বিমানবন্দর" এর সামনে একটা হোটেল 'লুংধো রেসিডেন্সি' বুক করলাম। হোটেলের মালিক খুব ভালো মানুষ। উনি অনেক পর্বত অভিযান করেছেন এবং তার শংসাপত্র দেখে লেহ্ ডিস্ট্রিক্ট ম্যাজিস্ট্রেট উপহার স্বরূপ এই জমিটি দিয়েছেন। এখানেই উনি যত্নে গড়ে তুলেছেন ওই লুংধো রেসিডেন্সি। কাঠের কারুকার্য করা সৌন্দর্যের ঘাটতি নেই কোথাও। পরিচ্ছন্ন একটি রুমে ঢুকে 'আউ'(কাকা) কে খাবারের অর্ডার দিয়ে গরম জলে স্নান সেরে খাওয়া-দাওয়া করে লেপের মধ্যে ঢুকে টানা ঘুম ।

গতকালের রাতের কথা কোনোভাবেই ভুলতে পারছিনা। স্মৃতির ভয়ঙ্করতা আজীবন থাকবে। এখন ভাবছি লেহ্ দুদিন রেস্ট নেবো। তারপর ডব্লিউ.বি.সি.এস. অফিসার ভাতৃপ্রতিম অভিষেক সান্যাল আকাশপথে এখানে নামবে । সুদূর বহরমপুর থেকে অভিষেকের আরো দুটো বন্ধু প্রসেনজিৎ চক্রবর্তী ও গৌতম মন্ডল মটরবাইক রাইড করে এখানে আসবে । বেস ক্যাম্পের উচ্চতার চেয়ে আমরা এখন অনেক নিচে । আবহাওয়ার কিছু উপাদানের সাথে খাপ খাওয়াতে সুবিধা হবে। এখন শুনছি কৌশিক কালকে আবার বেস ক্যাম্পে গিয়ে পুনর্বার চেষ্টা করবে। কিন্তু

আমি সিদ্ধান্ত নিয়ে নিয়েছি হোটেলের রুমে একা থাকবো তবুও ওই বেস ক্যাম্পের সৌন্দর্যের ভয়ঙ্কর রূপ দেখতে আর যাব না।

এখানে মোবাইলের কোনো নেটওয়ার্কই কাজ করছে না। সরকারি বিশেষ নিরাপত্তার কথা মাথায় রেখে এখানে মোবাইল ব্যবহার করার ক্ষেত্রে বিশেষ পারমিশন নিয়ে এখান থেকেই সিম নিতে হবে। তাই আপাতত আউ এর ছেলে নবাং একমাত্র ভরসা । নুনো (ভাই) নবাং এর কাছ থেকে একটা সিম নিলাম।

ভাই রাজাকে বিস্তারিত সব বললাম। রাজা বলল তোমার যাওয়া উচিত হবে না। সুদীপ্ত এবং কাকা দুজনেই আমার সাথে একমত। কিন্তু যখন বুঝলাম কৌশিক যাবে তখন আমি এই কদিনের জন্য একা একাই হোটেলে থেকে যাব এই সিদ্ধান্ত নিলাম। কিন্তু কৌশিক কোনভাবেই ছাড়লো না তাই সবাই যেতে বাধ্য হচ্ছি।

পরের দিন লেহ্ মার্কেট থেকে বুটেন সিলিন্ডার, ওয়াকিং স্টিক, কিছু খাবার নিয়ে শুধুমাত্র প্রয়োজনীয় জিনিসপত্র গাড়িতে তুললাম। বাকি জিনিস হোটেলের একটি রুমে রেখে দেয়া হলো। পিক সামিটের পর আমরা আবার এই হোটেলে ফিরব। একুশে জুলাই আবার রওনা। আবার সেই পোলোগঙ্কা বেস ক্যাম্প। গতবারের চেয়ে এবারের বেস ক্যাম্প আরো উপরে তৈরি করা হলো। এবার দুটো টেন্ট খাটানো হল । শরীর অনেকটাই উচ্চতার সাথে খাপ খাওয়াতে পেরেছে । খাওয়া-দাওয়া সেরে শুয়ে পড়লাম।

আজ ২২শে জুলাই। সকালবেলায় কৌশিক ও সুদীপ্ত লোডফেরী করে সামিট ক্যাম্পের উদ্দেশ্যে রওনা দিল। আমি আর কাকা বেস ক্যাম্পে থেকে গেলাম। রোদের তাপে টেন্টে থাকা যাচ্ছে না। তাই স্লিপিং ব্যাগ টেন্টের উপরে চাপিয়ে দিলাম। কেবল একটু ঘুম এসেছে অমনি বৃষ্টি শুরু হল। হাওয়ার দাপটে টেন্টের একদিক উঠে পরল। তাড়াতাড়ি করে স্লিপিং ব্যাগ ভেতরে ঢুকিয়ে টেন্টের একদিকের পিন মাটির ভেতরে শক্ত করে গেঁথে দিলাম। পাহাড়ে কোন কাজ সম্পূর্ণভাবে না করে ছেড়ে দেওয়া উচিত নয়। একটুখানি ভুল অনেক বড় বিপদ ডেকে আনতে পারে । টেন্টের এক দিকের কর্ণার ভালো করে ক্লিপিং করা হয়েছিল না। আরেকবার বিপদের হাত থেকে রক্ষা পেলাম। লোডফেরী করে ওরা সামিট ক্যাম্প কিছু জিনিসপত্র রেখে ফিরে এলো বিকেলবেলা। রাত্রে বিস্কুট চকলেট খেয়ে শুয়ে পড়লাম।

২৩শে জুলাই কৌশিক ও সুদীপ্ত ক্যাম্পের উদ্দেশ্যে রওনা হলো। আমি ও কাকা কিছুদূর ওঠার পর ফিরে এলাম। একটা সুপরিকল্পিত পর্বত অভিযানকে সফল করতে হলে পর্বতারোহীর সঙ্গে শেরপা, কুক, পোর্টারের প্রয়োজন। এটাই আমাদের

বেস ক্যাম্প

প্রথম অভিযান যেখানে শেরপা, কুক ও পোর্টার আমরাই। বেস ক্যাম্পে আমাদের দুজনকে প্রতিটা মুহূর্ত চরম উত্তেজনা নিয়ে কাটাতে হবে। কিছুক্ষণ পর ওরা যখন পাহাড়ের রিজে অদৃশ্য হয়ে গেলো তখন আমরা টেন্টে এসে কিছুক্ষণ বিশ্রাম নিলাম। দুপুরে প্রেসার কুকারে খিচুড়ি বানিয়ে খেলাম। রাত্রের জন্য কিছুটা রেখে দিলাম। সময় কাটছে না। ওরা যাওয়ার পর থেকে দুঃশ্চিন্তা মাথায় ভর করেছে। সন্ধ্যাবেলা অবশিষ্ট খিচুড়িটুকু খেতে গিয়ে দেখলাম একটি ছোট বাটির এক বাটি খিচুড়ি আছে। কিন্তু এখন রান্না করা সম্ভব নয়। তাই তিনটি ডিমের অমলেট করতে গিয়ে দেখলাম সেটাও এখানে হওয়ার নয়। ডিমগুলি সব ঝুড়ি ঝুড়ি হয়ে গেছে। পনেরো মিনিট অতিক্রান্ত হওয়ার পরেও যখন দেখলাম ডিম সম্পূর্ণভাবে ভাজা হয়নি তখন খানিকটা বিরক্ত হয়েই প্রেসার কুকারের অল্প একটু খিচুড়ির মধ্যে ডিমের ভুজিয়া ঢেলে দিলাম। সমতলের এই কাজটা করতে দুই থেকে তিন মিনিট সময় লাগে। অথচ আমাদের স্টোভ ধরানো থেকে শুরু করে এতক্ষণ পর্যন্ত প্রায় এক ঘন্টা কেটে গেছে। এবার প্রেসার কুকার এর মধ্যে একটি টমেটো ও একটি পেঁয়াজ কুচি করে বেশ খানিকটা ঘি ও সামান্য লবণ দিয়ে দশটা সিটি দিয়ে নিলাম । অভুক্ত পেটে নাকি সত্যি কারের

সুস্বাদু খাবারের জন্য পরম তৃপ্তিতে ডিনার শেষ হলো। অপরিকল্পিত ভাবে তৈরি এটার নাম দিলাম পোলোগঙ্কা ডিস। পাঠকদের উদ্দেশ্যে বলব কখনো ইচ্ছে হলে খেয়ে দেখতে পারেন আশা করি ভালো লাগবে। আমরা বেসক্যাম্পে শুয়ে আছি। কৌশিক সুদীপ্ত এখন সামিট ক্যাম্পে। সকালে ঘুম থেকে উঠে জল বিস্কুট খেয়ে প্রাতঃকৃত্য সম্পূর্ণ করে জলের পরিবর্তে টিস্যু পেপার ব্যবহার করাটা পশ্চিমী কালচার হলেও এখন আমরা সেটা করতে বাধ্য হচ্ছি । অবশিষ্ট দু'লিটার জল আছে । বরফ গলিয়ে ক্লোরিন ড্রপ না দিয়ে খাওয়া উচিত নয় । কিন্তু আমরা ক্লোরিন আনতে ভুলে গেছি । তাই এখন বোতল গুলো নিয়ে পাশের সংকীর্ণ খরস্রোতা কাছে গেলাম । কিন্তু একি ! এক বিন্দু জল নেই । আমাদের কাছে মাত্র এক লিটার জল আছে । একজনের জন্য বরাদ্দ পাঁচশো মিলিলিটার । খরস্রোতার পাশ দিয়ে চড়াই-এ উঠতে থাকলাম জলের সন্ধানে । অনেকটা পথ যাওয়ার পর যখন দেখলাম আমাদের টেন্টটা একটা দেশলাইয়ের আকার ধারণ করেছে তখন ফিরে যাওয়া শ্রেয় মনে হলো । আজকের রান্না করার কোনো পরিস্থিতি নেই । কোনভাবে দিনটা কাটিয়ে দিলাম ।

২৪শে জুলাই ঘুম ভাঙলো ভীষণ শব্দে । এ কিসের শব্দ ! নিশ্চয়ই কোন প্রাকৃতিক দুর্যোগ ! টেন্ট থেকে বেরিয়ে কাকাকে সঙ্গে নিয়ে সন্দিগ্ধ মনে শব্দের

উৎসের দিকে হাঁটতে লাগলাম । এক দুশ্চিন্তা আজ যদি জল না পায় তবে আমাদের ভীষণ বিপদের সম্মুখীন হতে হবে ।তার ওপরে আবার এ কোন নতুন বিপদ ! হঠাৎ করে কাকা বলে উঠলো 'ইউরেকা' । সত্যি আমরা বিরাট কিছু আবিষ্কার করে ফেলেছি।

কালকে যে সংকীর্ণ শুষ্ক উপত্যকা ধরে নিরাশ হয়ে টেন্টে ফিরেছিলাম , আজ তা প্রবল স্রোতস্বিনী। সদ্য বরফ গলে আসা জলের প্রচন্ড আঘাতে বোল্ডার গুলোতে ফেনিল জলোচ্ছ্বাসের সাথে সাথে গম্ভীর শব্দ তৈরি করছে । আমাদের সব বোতলগুলো এখনই ভর্তি করে নিতে হবে । জল ভর্তি করে এসে খানিকক্ষণ বিশ্রাম নেওয়ার পর দেখতে পেলাম সূর্য কিরণ ক্ষিপ্র হয়েছে । মাথায় একটি ঝুঁকিপূর্ণ বদবুদ্ধি খেলে গেলো । গামছা ঘাড়ে নিয়ে চললাম খরস্রোতার দিকে। জীবনে প্রথম আদিম প্রবৃত্তি জেগে উঠলো। চারিদিকে সাদা বরফাচ্ছন্ন পাহাড়ের মাঝে নির্জন উপত্যকায় আমি তখন আদিম মানুষ । নেমে পড়লাম খরস্রোতার মাঝে। জীবনের ঝুঁকি নিয়ে বরফ জলে বহুদিন পর স্নান করে ফেললাম। গা হাত পা সব অবশ হয়ে আসছে । খুব তাড়াতাড়ি গরম পোশাক পরে স্লিপিং ব্যাগে ঢুকতে হবে । এতক্ষণ কৌশিক ও সুদীপ্ত হয়তো পোলোগঙ্কা পিকে । ভারতের জাতীয় পতাকা বা নাজিরপুর বিদ্যাপীঠের পতাকা নয়তোবা পাশেই আছির পতাকা হাতে স্নো বুটে ভর করে দাঁড়িয়ে আছে। সামনের বরফ মোড়া পাহাড়ের দিকে তাকিয়ে অবাক হয়ে গেলাম...

রবি ঠাকুর তাঁর "হিমালয়" কবিতায় বলেছিলেন-

"যেখানে জ্বলিছে সূর্য, উঠিছে সহস্র তারা,
প্রজ্বলিত ধূমকেতু বেড়াইছে ছুটিয়া।
অসংখ্য জগৎযন্ত্র, ঘুরিছে নিয়মচক্রে
অসংখ্য উজ্জ্বল গ্রহ রহিয়াছে ফুটিয়া।
গম্ভীর অচল তুমি, দাঁড়ায়ে দিগন্ত ব্যাপি,
সেই আকাশের মাঝে শুভ্র শির তুলিয়া।
নির্ঝর ছুটিছে বক্ষে, জলদ ভ্রমিছে শৃঙ্গে,

চরণে লুটিছে নদী শিলারাশি ঠেলিয়া।
তোমার বিশাল ক্রোড়ে   লভিতে বিশ্রাম সুখ
ক্ষুদ্র নর আমি এই আসিয়াছি ছুটিয়া।
পৃথিবীর কোলাহল, পারি না সহিতে আর ,
পৃথিবীর সুখ দুখ গেছে সব মিটিয়া।
সারাদিন, সারারাত, সমুচ্চ শিখরে বসি,
চন্দ্র-সূর্য-গ্রহময় শূন্যপানে চাহিয়া।
জীবনের সন্ধ্যাকাল কাটাইব ধীরে ধীরে,
নিরালয় মরমের গানগুলি গাহিয়া।"

এমনও কি সম্ভব! রবিঠাকুর শতেক বছর আগে হিমালয়ের কোলে বসে ঠিক যেনো আমার বর্তমান আবেগ , অনুভূতি সমস্ত কিছুকে বর্ণনা করে গেছেন । তাঁর রচনা আর আমার এই মুহূর্তের অনুভূতি যেনো মিলে মিশে একাকার হয়ে গেছে।

টেন্টে এসে স্লিপিং ব্যাগে ঢুকে পুরো চেনটা লাগিয়ে দিলাম। মমির মত শুয়ে অপেক্ষা আর অপেক্ষা। হয়তো ওরা সবকিছু ঠিকঠাক থাকলে কাল বা পরশু ফিরবে। বিকেল গড়িয়ে নির্জনতায় পর্বত উপত্যকায় ভোর হলো। পঁচিশে জুলাই সকাল দশটা। হঠাৎ করে কৌশিকের উল্লাস কানে এলর। বুঝলাম আমাদের দলীয় অভিযান সম্পূর্ণ হয়েছে। সে এক চরম আনন্দ মন মুহূর্ত। বাস্তব অভিজ্ঞতা ছাড়া সেই স্বর্গীয় রাজ্যের স্বপ্নের বাতাবরণের সব পেয়েছির আনন্দ কাউকে বোঝানো সম্ভব নয়। শারীরিক কষ্ট,অক্সিজেনের অভাব এসব ভুলে গিয়ে এক দৌড়ে উঠে পড়লাম কৌশিক সুদীপ্তর কাছে। শুভেচ্ছা বিনিময় ও আলিঙ্গন করে সন্দিহান মনের ভীতি দূর করলাম। গতকাল ছয় হাজার তিনশো মিটার উচ্চতা থেকে সুদীপ্ত সামিট ক্যাম্পে ফিরে এসেছে। ওখান থেকে কৌশিক ছয় হাজার তিনশ সত্তর মিটার উচ্চতায় পোলোগঙ্কা সামিট করেছে। তারপর নিজে নিজেই ফটোসেশন করে, ডকমেন্টারি ভিডিও করে ফিরে এসেছে সামিট ক্যাম্পে। রাত্রি কাটিয়ে ভোরবেলায় বেরিয়ে সকাল দশটায় এখন ওরা আমাদের বেস ক্যাম্পে। এক্ষুনি বেরিয়ে পড়তে হবে। সকলেই ভীষণ ক্লান্ত তাই আমাদের ভীষণ বিশ্রামের প্রয়োজন।

লবণ হ্রদ

চীনদেশে মৃত্যু উপত্যকায়

পোলোগঙ্কা জয় করে আমরা ফিরছি লেহ্ শহরের উদ্দেশ্যে। দীর্ঘ বারো দিনের শারীরিক কষ্ট, মানসিকভাবে ভেঙে পড়া, প্রায়ই না খেয়ে দিন কাটানো, জলের ঘাটতি, অক্সিজেনের অভাব,প্রতি সেকেন্ডে মৃত্যুর অনুভূতি- এসবের পরেও আমাদের অভিযানের সফলতা হৃদয়ে নতুন প্রাণের সঞ্চার ঘটেছে। নিজের চেহারা আয়নায় দেখার পর অচেনা লাগলেও জয়ের জৌলুস ফুটে উঠেছে চোখে মুখে।

আমরা এখন রাজনৈতিক সীমান্ত মুক্ত সো-মোরিরি লেকের উদ্দেশ্যে চলছি। ভারত বর্ষ থেকে শুরু করে দীর্ঘ উনিশ কিলোমিটার পথ অতিক্রম করে যে হ্রদ চীনের অভ্যন্তরে প্রবেশ করেছে। এটি ভারতবর্ষের উচ্চ অক্ষাংশে অবস্থিত বৃহত্তম হ্রদ যা লাদাখ অধিবাসীদের কাছে পবিত্র। বিভিন্ন রং বেরংয়ের কারুকার্য যুক্ত পাথরের বুক চিরে সূর্যকে মাথার ওপর রেখে সো-মোরিরি লেকের বাম তীর দিয়ে আর্মি ক্যাম্পে পৌঁছলাম। সিকিউরিটি আমাদের গাড়ি থামিয়ে বলল এরপর আর যাওয়া যাবে না। এখান থেকে চীন বেশি দূর নয়। এই পবিত্র হ্রদের অনেকটাই চীনের মধ্যে অবস্থিত। তাই এখানে জল পথের মাধ্যমে দেশীয় প্রতিরক্ষা সুরক্ষার ব্যবস্থা আছে। লেকের উল্টোদিকে একটি ছোট্ট গ্রাম আছে। নাম তার কার্জুক ভিলেজ। লেকের ধারে ওই গ্রামের রাত কাটালে মন্দ হয় না! এখন আমরা উদ্যেশ্য বিহীন। হিমালয়ের কোল জুড়ে ঘুরে বেড়াবো। তাই আমরা উল্টো পথে চললাম। লেকের প্রস্থ বরাবর দাঁড়িয়ে অবর্ণনীয় সৌন্দর্য্যে মুগ্ধ হয়ে গেলাম। স্বচ্ছ জলের লেকের মধ্যে বরফাবৃত পর্বত চূড়া আর সিরাস মেঘ এর প্রতিচ্ছবি লেকের সৌন্দর্যকে বাড়িয়ে তুলেছে। কোথাও একবিন্দু দূষণের ছোঁয়া নেই। নাহঃ আজ আমরা লেকের ধারেই থাকবো। রাতে চাঁদের আলোতে লেকের নিরব স্নিগ্ধতা উপভোগ করবো। তাই এখন গন্তব্য কার্জুক ভিলেজ। একটা ছোট্ট দোকানের পাশেই আমাদের গাড়ি দাঁড় করালো। সকাল থেকে কিছুই খাওয়া হয়নি। দোকানের দিদিকে খাবার চাইতেই বলল ওদের মনেস্ট্রিতে প্রার্থনার সময় হয়ে গেছে। কিন্তু আমাদের না খেলেই নয়। একটি মাত্র দোকা। দিদিকে অনুরোধ করে বলতে উনি বললেন আলুর পরোটা দুটো করে দিতে পারবশ। কিন্তু পনেরো মিনিটের মধ্যে খাওয়া কমপ্লিট করে দোকান ছাড়তে হব। আমরা তাতে সম্মত হলাম।

মনেষ্ট্রিতেও দেখছিলাম ধর্মের প্রতি ওদের অটুট বিশ্বাস ও আস্থাকে । ভালো লাগলো। পাহাড়ের মানুষগুলো বড্ড ভালো, ভীষণ সৎ।

সবে টেবিলে বসেছি আমরা। এর মধ্যেই দেখছি একটা আর্মির বড় গাড়ি আমাদের গাড়ি পেছনে দাঁড়িয়ে গেলো। সুবেদার ও একজন আর্মির কনস্টেবল গাড়ি থেকে নেমে আমাদের খুঁজছে। ভাবলাম হয়তো আমাদের গাড়ি সরাতে হবে আবার একটু ভয়ও হলো সীমান্তবর্তী পাহাড়ের নিয়মের কোন ভুল করলাম না তো! বাইরে বেরোতে জিজ্ঞাসা করল " আপ লোক বেঙ্গল সে আয়ে হ্যায় কিয়া?" আমাদের গাড়ির নম্বর দেখেই ওরা বুঝতে পেরেছে । কথোপকথন এর মাধ্যমে আমরা বাড়ির ঠিকানা বলার পর অল্প বয়সের আর্মি কনস্টেবল বলল দাদা আমাদের বাড়ি বেলডাঙ্গা।

আমিঃ তাহলে আমার বাড়ি তোমার বাড়ির কাছেই তো !

ফিরোজঃ আমার নাম ফিরোজ ।

আমিঃ খুব ভালো লাগছে।

ফিরোজঃ আর্মি ক্যাম্প থেকে একটু বাংলায় কথা বলার জন্য প্রায় দশ কিলোমিটার ছুটে এসেছি আমরা।

আমিঃ আমরাও কতদিন পর বাংলায় কথা বলবার মানুষ পেলাম।

ফিরোজঃ দাদা আমাদের ক্যাম্পে আজ আপনাদের আমন্ত্রণ রইল।

সুবেদারঃ আপ লোগোকো আনাহি পড়েগা।

সো-মোরিরি

এরপর আমি ও কৌশিক সিদ্ধান্ত নিলাম আমরা লেকের ডান তীর দিয়ে কিছুটা ঘুরে এসে সন্ধ্যার আগেই ওদের ক্যাম্পে পৌঁছাব। কারণ ওদের আমন্ত্রণের আন্তরিকতাকে আমি ও কৌশিক ফেরাতে পারলাম না।

ফিরোজরা ওদের সাপ্তাহিক রেশন নিতে ঐ ক্যাম্পে এসেছিল। এখন ওরা ফিরে গেলো ওদের নিজস্ব ক্যাম্পে। কার্জুক ভিলেজ অতিক্রম করে পাহাড়ের কোল ঘেঁষে, লেকের ধার দিয়ে, নির্মিত রাস্তাবিহীন বোল্ডার কে পাশ কাটিয়ে, ছোট ছোট বোল্ডারের ওপর দিয়ে, পাহাড় থেকে নেমে হ্রদে মিলিত হওয়া খরস্রোতাকে লঙ্ঘন করে এগিয়ে চলেছি। কিছুটা যাওয়ার পর সুদীপ্ত বলল প্রকৃতির ডাকে আমাকে এখানে একটু নামতে হবে , তোমরা সামনে থেকে গাড়িটা ঘুরিয়ে নিয়ে চলে এসো। আমাদের অফরুট থেকে সামনের দিকে দেখতে পেলাম অস্ট্রেলিয়ার 'লাস্ট ল্যান্ড অফ দা ওয়ার্ল্ড' ভূখণ্ডের মত একটা অংশ। ভাবলাম ওখান থেকেই আমরা গাড়ি ঘুরিয়ে ফিরব। পাহাড়ে সামনের স্বল্প দূরত্বের দেখা জিনিসটি আসলে অনেক দূর অবস্থান করে। গাড়ি চলে যাচ্ছে কিন্তু হ্রদের দিকে অভিক্ষিপ্ত ওই ভূখণ্ড আর আসছে না। অনেকটা পথ যাবার পর আমার ভাবনার লাস্ট ল্যান্ড অফ দা ওয়ার্ল্ডে পৌছালাম। পাহাড়ের কোল থেকে কৌশিক গাড়ি ওই ভূখণ্ডের ওপর দিয়ে হ্রদের দিকে এগোতে থাকলো।

ভীষণ আনন্দ ও উৎফুল্লতার সঙ্গে আমরা এগিয়ে যেতে যেতে কখনোই কল্পনা করিনি এত বড় বিপদ আমাদের সামনে অপেক্ষা করছে । হ্রদের কাছাকাছি পৌঁছাতে গাড়ির সামনের দুটো চাকা মাটিতে পুঁতে গেলো ।গাড়ি থেকে নেমে দেখলাম গাড়ির সামনের বাম্পার মাটি স্পর্শ করেছে । আমি আর কাকা সামনের বোনার ধরে ঠেলছি আর কৌশিক ব্যাক গিয়ারে হায় পিকআপ দিয়ে টানছে। এরপর আমি উঠলাম ড্রাইভিং সিটে । দুজনের অনেক চেষ্টার পর বুঝলাম এভাবে গাড়ি উঠবে না। হাত দিয়ে বালিকে সরিয়ে , জগ ভিড়িয়ে , গাড়িকে তুলে চাকার তলে আমার হাওয়াই চটি আর হ্রদের তীরের কিছু ছোট পাথর দেওয়ার পর পেছনের দিকে জোর টান দিলাম । কিন্তু দিক নির্ণয় একটু ভুলের জন্য আবারও গাড়ি বসে গেল । বারবার চেষ্টা করার পরেও যখন কোনো কাজ হচ্ছেনা তখন কৌশিক সামনের চাকা দুটো খুলে উল্টো করে লাগালো এবং সেইসাথে ক্লাইম্বিং এর দামি রোপকে কেটে চাকায় জড়িয়ে দিল। আবার চেষ্টা। একবার কৌশিক একবার আমি বারবার চেষ্টা করে বুঝলাম সব চেষ্টা বিফল। তিন ঘন্টা অতিক্রান্ত হয়ে গেছে। দুপুর দুটো থেকে শুরু করে এখন প্রায়

পাঁচটা বাজে। কাছে এক ফোঁটা খাওয়ার জল নেই। ভীষণ পরিশ্রম হয়েছে। এখন একটাই রাস্তা কার্জুক ভিলেজ গিয়ে একটা ফোর হুইল ড্রাইভ গাড়ি আনতে হবে। যেতে হবে আমাকেই। তাহলে কৌশিক আরো চেষ্টা করতে পারবে। কিন্তু কতটা রাস্তা কার্যুক ভিলেজ! কৌশিক বলল চার-পাঁচ কিলোমিটার হবে হয়তো। নিজের আত্মবিশ্বাসকে সঙ্গী করে বিকেল সাড়ে পাঁচটা নাগাদ হাঁটা শুরু করলাম কার্জুক ভিলেজের দিকে।

অজানা অচেনা নির্জন পাথুরে পথ ধরে একদিকে পাহাড় অন্যদিকে লেককে পাশে রেখে হেঁটে চলেছি। অনেকক্ষণ হাঁটার পর উল্টোদিকের আর্মি ক্যাম্প টাকে কিছুতেই পেছনে ফেলতে পারছি না। যেনো একই কৌণিক দূরত্বে অবস্থান করছে। ঘড়ির দিকে তাকিয়ে দেখলাম সাতটা বেজে গেছে। তাহলে আমি এক ঘণ্টার বেশি সময় হেটে ফেলেছি! কিন্তু তাহলে সুদীপ্ত কোথায়! মাথায় কোন কাজ করছে না। নিঃশ্বাস নিতে কষ্ট হচ্ছে। জ্যাকেটটা খুলে কোমরে জড়িয়ে নিলাম। হাঁটতে হাঁটতে ঘেমে গেছি কিন্তু তাতেও বিপত্তি। ঠান্ডা হওয়া আর শীতের প্রাবল্য শীত ধরিয়ে দিচ্ছে। তাই আবারও জ্যাকেট পরতে হলো। এমন অভিজ্ঞতা এই প্রথম - ভেতরে ঘেমে যাচ্ছি অথচ ওপরে ঠান্ডা সহ্য করতে পারছিনা। কিন্তু সবচেয়ে বিপদের সংকেতটা পেলাম এখন। আটটা বাজতে আর দেরি নেই। কিন্তু আমার সাথে হেড টর্চ বা আত্মরক্ষার জন্য খুকড়ি সঙ্গে আনিনি। কম তাপমাত্রার জন্য মোবাইল ব্যাটারিটা লো হয়ে গেছে। কিছুটা বাঁচিয়ে রাখার জন্য পকেট থেকে মোবাইল বের করে বুকের মধ্যে শরীরের স্পর্শে রাখলাম। হাই অল্টিটিউডে মোবাইল ব্যাটারি ড্রেন হওয়া থেকে বাঁচাতে এটাই নিয়ম। অন্ধকার ঘনিয়ে এসেছে। এই মুহূর্তে পাহাড়ের পথ হারালে মৃত্যু অনিবার্য। তেষ্টাই গলা ফেটে যাচ্ছে। হৃদপিন্ডের স্পন্দন বেড়ে গেছে ভীষণ। হয়তো দশ কিলোমিটার দৌড়ে আসলেও এমনটা হয় না। সত্যিই আমি আর চলতে পারছি না। বসে পড়লাম একটা বোল্ডারের গায়ে হেলান দিয়ে। অন্ধকার পর্বত রাজ্যে আমি একা প্রায় সাত ঘন্টা জল না খেয়ে আছি।

৪৯০ খ্রিস্ট পূর্বাব্দে গ্রীক এবং পারসিকদের মধ্যে ম্যারাথন ময়দানে যুদ্ধ হয়েছিল। গ্রিক সেনা তথা গ্রীক দূত ফেইডিপিদেস ম্যারাথনের যুদ্ধক্ষেত্র থেকে ৪২.১৯৫ কিলোমিটার বা ২৬ মাইল ছুটে গ্রিসের অন্যতম প্রাচীন শহর এথেন্সে এসে জয়ের খবর দেন। তবে জয়ের আনন্দ উপভোগ করার আগেই মৃত্যু হয়

ফেইডিপিদেসের। এই ঘটনাকে স্মরণীয় করে রাখতে শুরু হয়েছিল ম্যারাথন দৌড়। হঠাৎ করে এই ঘটনাটা আমাকে আঁকড়ে ধ্রল, মনে হ্ল হয়তো খবরটা পৌঁছতে পারব গ্রামে তারপরেই হয়তো আমকে শেষ নিঃশ্বাস ফেলতে হবে।

শরীর চলছে না। চারিদিকে একটা অদ্ভুত ভয়ঙ্কর নীরবতা। কিন্তু এখন সাহস হারালে চলবে না। যে করেই হোক আমাকে পৌঁছোতে হবে কার্জুক ভিলেজে। হঠাৎ করে একটা বাজে গন্ধ পেলাম। খুব চেনা, কিন্তু মনে করতে পারছিনা। বোল্ডারের ওপর অর্ধেক শুয়ে মনে করার চেষ্টা করতে করতেই বুকের মধ্যে আঁতকে উঠলো। এ তো সেই গন্ধ! বুঝলাম আমি আরো ভয়ঙ্কর বিপদের সম্মুখীন। হয়তো আমার আশেপাশেই আছে স্নো লেপার্ড। পাঁচ মিনিট হয়নি আমার বিশ্রাম নেওয়া। মোবাইলের আলোটা জ্বালিয়ে উঠে পড়লাম। ভয় পেলে চলবে না। আমাকে বাচঁতেই হবে । নিজেই নিজেকে অদম্য সাহস যুগিয়ে এগিয়ে চললাম। একটা জায়গায় পৌঁছে কিছুতেই বুঝতে পারছিলাম না কোন দিকে যাব। না দেরি করা যাবে না, কষ্ট হলেও আগে একটু উপরে উঠে পড়লাম। নিজের ধারণার উপর আস্থা রেখে নিচের রাস্তায় নেমে এলাম । কিছুটা হাঁটার পর দূরে আলো চোখে পড়ল। এ যেন মৃত সঞ্জীবনী। কিন্তু পরক্ষনেই আবার হারিয়ে গেল। বুঝলাম আমি ডাউন ল্যান্ডে আছি। কার্জুক ভিলেজের কাছাকাছি পৌঁছে গেছি। ওই তো আবার আকাশে আলোর আভা চোখে পড়েছে। কিছুটা হাঁটতেই চোখের সামনে কার্জুক ভিলেজ সম্পুর্ন ভাবে ফুটে উঠল । প্রবল শব্দে প্রবাহিত নদীর ওপর লোহার ব্রিজ পার করেই মূল রাস্তায় উঠলাম । এখান থেকে বেশ চড়াই। খুব কষ্ট করে ধীরে ধীরে উঠছি । পাশেই একটি ছোট্ট উপত্যাকায় বেশ কয়েকটি তাবু দেখতে পেলাম । এগিয়ে গেলাম সেদিকে । দুটো থর আর একটা জিপসিও দাঁড়িয়ে রয়েছে। কৌশিকদের ফেরানোর আশার আলো এই গাড়ি। গোল করে বসে আছে দশ বারোজন। কেউ স্প্যানিশ , কেউ থুম্বা , কেউ অক্টোপ্যাড , কেউ সিন্থেসাইজার বাজাচ্ছে। সাথে স্ন্যাকস আর মদ্যপান চলছে। পাশে একজন রাধুনী রান্না করছে। কোন কথা না বলে সোজা ওদের রাখা চেয়ারে গিয়ে শরীর এলিয়ে দিলাম। দুজন এগিয়ে এলো আমি শুধু বললাম "পানি" । সঙ্গে সঙ্গে কাঁচের গ্লাসে এক গ্লাস জল নিয়ে এলো । ঢকঢক করে খেয়ে নিলাম কিন্তু আরও এক গ্লাস চাই। সেটাও খেলাম। ওদের সকলের বাড়ি কাশ্মীর। নৈসর্গিক আনন্দ উপভোগের জন্য এখানে এসেছে। সব বিস্তারিত বললাম ওদের। জানতে চাইল আমার

সাথীরা কতদূর । ঘড়ি দেখলাম নটা বেজে দশ। বললাম জানিনা, তবে আমি তিন ঘন্টা পনেরো মিনিট হেঁটেছি মাঝে পাঁচ মিনিট রেস্ট নিয়েছি। ওরা নিজেদের আঞ্চলিক ভাষায় কিছু বলাবলি করল বুঝলাম দূরত্বটা বিপদ সংকুল।

এরপর ওরা বলল, চিন্তা করবেন না, আমরা আপনাকে নিয়ে যাব। কিন্তু এখন আপনি কিছু খেয়ে নিন। একটা প্লেটে মিষ্টিজাতীয় খাবার দিল। কিন্তু আমি ফিরিয়ে দিলাম কারণ আমার গলা দিয়ে খাবার নামবে না। এদিকে সুদীপ্ত কোথায় আছে জানিনা। অন্যদিকে কৌশিক ও কাকা কি করছে তাও বুঝতে পারছি না। অনেক রকম দুশ্চিন্তা আমাকে স্থির থাকতে দিচ্ছে না। ওদের একটা জিপসিতে উঠলাম। ওরা তিনজন গেলো। অনেক দূর যাওয়ার পর জানতে চাইল আর কতদূর যেতে হবে ? নির্দিষ্ট করে আমি কিছুই বলতে পারছিলাম না। ওদের বললাম হর্ন বাজাতে কিন্তু ওরা হর্ন বাজাতে চাইল না। বুঝতে পারছিলাম কিছু একটা সমস্যা তো অবশ্যই আছে কিন্তু কী সেই সমস্যা তা অনুধাবন করতে পারিনি তখনো। ওদের মধ্যে একজন বলল এই অন্ধকারের পাহাড় অতিক্রম করে এতটা রাস্তা পায়ে হেঁটে যাওয়া সত্যিই দুঃসাহসিক । কিন্তু আমার কানে কোন কথাই ঢুকছে না । নিশাচরের দৃষ্টিতে গাড়ির হেড লাইটের আলোই হ্রদের মধ্যে অভিক্ষিপ্ত সেই অভিশপ্ত জায়গাটিকে খুঁজছি । রাত্রি তখন দশটা বাজে। অনেক পরিশ্রমের পর কৌশিক ওখানে টেন্ট খাটিয়ে শুয়ে পড়েছে । দূর থেকে আমাদের হেড লাইটের আলো দেখে টেন্ট লাইট জ্বালিয়েছে । আর সেই আলোয় ওদের রেস্কিউ করার একমাত্র দিশার কারণ । আমাদের চলার পথ থেকে ঘটনাস্থল অনেকটা নিচে যা গাড়ির হেড লাইটের আওতায় আসবে না । কৌশিকের এই বুদ্ধিমত্তার জন্য বলতে পারলাম- 'ওই তো আমাদের টেন্ট '। সঙ্গে সঙ্গে গাড়ি নামিয়ে আমাদের গাড়ির সামনে গিয়ে দাঁড়ালো ওরা । ততক্ষণে কৌশিক আর কাকা টেন্ট থেকে বেরিয়ে এসেছে । আমাদের ক্লাইম্বিং এর রোপ দিয়ে গাড়ির টচেন বানানো হলো । প্রথমবার টানতেই ঠিক আমাদের গাড়ির মতো জিপসিও বসে গেল বালির মধ্যে । তারপর অন্য আরেক জন ড্রাইভারকে নামতে বলল এবং আমাদের গাড়ির স্টিয়ারিং ধরতে বলল । কাশ্মীরি ছয় ফুট হাইটের ফর্সা আকর্ষণীয় চেহারার ছেলেটি নেশালু চোখ নিয়ে উঠলো জিপসিতে । এরপর ফোর হুইল গিয়ার দিয়ে দুই এক বার ব্যর্থ হওয়ার পর গাড়ি টেনে নিয়ে চলে গেলে রাস্তায় । বলল " আপনারা

দেরি করবেন না যত তাড়াতাড়ি সম্ভব চলে আসুন ।" একটা বিপদ থেকে উদ্ধার হলাম ।

সুদীপ্তর কোন খবর নেই । টেন্টের ভেতরে প্রবেশ করলাম । কৌশিক ইতিমধ্যে বুটেন গ্যাসে ওটস রান্না করে দুজনে খেয়েছে । আমার জন্য রেখেছে কিছুটা । কিন্তু এক চামচ মুখে দিতেই আমার বমি পেয়ে গেল । আসলে সারাদিনের এত ধকল শরীর নিতে পারছে না। খিদে পেয়েছে কিন্তু খেতে গেলে গা গুলিয়ে উঠছে। জল খেয়ে টেন্টে বসলাম । কৌশিক বলল রাত্রিটা এখানে কোন ভাবে কাটিয়ে সকালে বেরিয়ে যাব। আমাদের এই আস্তানার ভয়াবহতা,আশঙ্কা বা কাশ্মীরি ছেলেগুলোর চোখে-মুখে ভয়ের ছাপের পেছনে লুকিয়ে থাকা কারণটা অজানাই থেকে গেছে। হঠাৎই একটা গাড়ির শব্দ পেলাম। টেন্ট থেকে বেরিয়ে দেখলাম একটা থর সামনে রাস্তা থেকে ঘুরিয়ে-ফিরে যাচ্ছে। হেড টর্চের আলোয় দেখলাম আমাদের দ্বিতীয় বিপদের মুক্তি। সুদীপ্ত ফিরে এসেছে । এসেই কৌশিক কে বলল, "তোরা যে কি করেছিস তা নিজেই জানিস না।" কৌশিক সুদীপ্তকে আমাদের সকল ঘটনা খুলে বললো তার সাথে এটাও বললো বাধ্য হয়েছি প্রদীপ্ত-দা কে পাঠাতে। এই আত্মবিশ্বাস নিয়ে যে যেভাবেই হোক প্রদীপ্ত-দা ঠিক একটা ফোর হুইল ড্রাইভ গাড়ি নিয়ে আসবেই । যাই হোক রাত্রিটা কষ্ট করে এখানে কাটিয়ে আমরা সকালে বেরোবো । সুদীপ্ত বলে উঠলো "সবকিছু বাদ দিয়ে আগে এখান থেকে বেরিয়ে চল । আমরা ভারত সীমান্ত ছাড়িয়ে চীনের মধ্যে আছি । এখনো তোরা বেঁচে আছিস কিভাবে জানিনা ! আর ফিরে যাওয়ার আগের সময় পর্যন্ত বেঁচে থাকবো কিনা জানি না ! বাকি কথা পরে হবে । আপাতত খুব তাড়াতাড়ি রেডি হতে হবে আমাদের ।" কথা না বাড়িয়ে কৌশিক ও কাকা হেড টর্চ জ্বালিয়ে চলে গেল গাড়ির চাকা দুটো সোজা করে লাগাতে । আমি আর সুদীপ্ত দুজনেই টেন্ট গুটিয়ে গাড়িতে লোড করতে থাকলাম । প্রায় এগারোটা পনেরো নাগাদ আমরা গাড়ি স্টার্ট করলাম । এখন আমাদের উদ্দেশ্য আর্মি ক্যাম্প ।

সুদীপ্ত বলতে শুরু করল আমরা নির্বাক হয়ে শুনছি । সুদীপ্তকে নামিয়ে দেওয়ার পর ও ওখানে বসেই আমাদের জন্য অপেক্ষা করতে থাকে । ক্রমে এক-ঘন্টা, দু-ঘন্টা, তিন ঘন্টা পার হয়ে যাবার পর ওর মনে সন্দেহ জাগে । নিশ্চয়ই আমরা কোন বিপদের সম্মুখীন হয়েছি । বিকেল পাঁচটার সময় কার্জুক ভিলেজ পার করে পৌঁছে যায় আই.টি.বি.পি.ক্যাম্পে । ওদের সাহায্য চাইলে ওরা সুদীপ্তকে জবাব

দেয় আমাদের রেডারের আওতায় কোন গাড়ি বা মানুষের ট্রেস নেই । আই.টি.বি.পি.-র কাছ থেকে কোন সাহায্য না পেয়ে ভীষণ হতাশ হয়ে পড়ে সুদীপ্ত । কিছুক্ষণ পর আবারো ভীষণ অনুরোধ সুরে আই.টি.বি.পি.-এর প্রহরীকে একটা গাড়ি দেওয়ার জন্য সাহায্য চায় । কিন্তু সেখানেও সুদীপ্ত ব্যর্থ হয় । সারাদিনের প্রেক্ষিতে সুদীপ্তর এটাই ধারণা হয় আই.টি.বি.পি.-র সেনারা একেবারে মানবিক নয় । তখনি ও সিদ্ধান্ত নেয় কোন ভাবে একটা ফোর হুইল ড্রাইভ গাড়ির ব্যবস্থা করতে পারলে আমাদের কাছে পৌঁছাবে । ঘুরতে ঘুরতে ওর চোখে পড়ে কাশ্মীরি ছেলেগুলোর দিকে । তখনই ওদের সাহায্য নিয়ে ও আমাদের কাছে পৌঁছায় এবং কাশ্মীরি ছেলেগুলির কাছে শোনে যে ওই রাস্তায় কেউ যায় না । শুধু চিনা সৈনিকের ভয় আছে তাই নয় ওখানে প্রচুর স্নো লেপার্ডও আছে ।

সুদীপ্তর মুখে কথাগুলো শুনতে শুনতে আমাদের গা হিম হয়ে গেছে । ততক্ষনে আমরা পৌঁছেছি আমার সেই পাঁচ মিনিটের বিশ্রাম নেওয়ার বোল্ডারের কাছে । সামনে জ্বল-জ্বল করছে বেশ কয়েকটি হিংস্র চোখ । তখনকার গন্ধ পাওয়া ভীতিটা এখন পরিষ্কার হল । বললাম ওদেরকে আমার তিন ঘন্টার পদযাত্রা । প্রতিটা মুহূর্ত আমরা কাটিয়েছি মৃত্যু উপত্যকায় সেটা সবাই বুঝে চুপ করে রইলো । রেস্কিপ্রা ফোর্ট খেয়ে কৌশিক গাড়ি চালাচ্ছে । কার্জুক ভিলেজ পার করে আই.টি.বি.পি ক্যাম্পে চেক আউট করলাম । ভদ্রভাবে ওদের বুঝিয়ে দিলাম অভিযাত্রীদের প্রতি একটু মানবিক হতে । পাহাড়ের ভয়ঙ্কর রাস্তা বেয়ে রাত্রি দুটোর সময় পৌছালাম ফিরোজদের আর্মি ক্যাম্পে ।

ভালোবাসতে ভালো লাগে

সোমোরিরি লেকের সৌন্দর্যে অভিভূত হওয়ার সাথে সাথে যে মৃত্যুচেতনা অতিক্রম করে এলাম তা শরীরের প্রতি রন্ধ্রে রন্ধ্রে গেঁথে গেছে। চাইলেও ভুলতে পারছি না সেই প্রতিটা মুহূর্তে মৃত্যুকে কাছে থেকে দেখার সময় গুলো । সোকার ভিলেজ অতিক্রম করে এসে আর্মি ক্যাম্পে যখন পৌঁছলাম তখন রাত দু'টো বাজে । সবার মনের মাঝে ভীতি গুলো এমন করে চাড়া দিয়েছে যে ক্যাম্পের মধ্যে গাড়িটা দাঁড় করানোর পর কারোর নামার সাহস হচ্ছে না । কারণ এই ক্যাম্পে ভারতীয় সীমান্ত রক্ষার এমন কিছু সুরক্ষিত জিনিস আছে, যা আমাদের অজানা হলেও প্রহরার

ঘোরাটপ দেখে অনুমান করতে অসুবিধা হয় না । সামনের গেট খুলে বাইরে বেরোলে রুক্ষ কনকনে ঠাণ্ডা গায়ে তীরের মত বিধছে ।পেছনের জীবন মরণের ব্যস্ততার মাঝে সম্পূর্ণভাবে গরম পোশাক গুলো পরা হয়ে ওঠেনি । কিন্তু তার থেকেও বেশি ভয় , দামী অস্ত্র থেকে কোন বুলেট এসে বুকে বিঁধবে না তো ! খুব জোরে জোরে ফিরোজের নাম নিয়ে ডাকতে শুরু করলাম । বেশ কয়েকবার ডাকার পর একজন সশস্ত্র সেনা লাইট মেশিনগান সামনের দিকে উঁচিয়ে সামনে এসে দাঁড়ালো ।সঙ্গে সঙ্গে দ্রুততার সাথে তাকে ফিরোজ ও সুবেদারজীর আমন্ত্রনের কথা জানালাম । বুকটা তখন অবশ হয়ে গেছে। সামনের অস্ত্র থেকে বুলেট বেরিয়ে বুকে বিদ্ধ হলেও আমি যেন কিছুই বুঝতে পারব না । প্রতিরক্ষার সুরক্ষার কথা ভেবে ওরা অতন্দ্র প্রহরী । সবকিছু শোনার পর উনি ফিরোজকে ডেকে দিলেন । ফিরোজকে দেখার সাথে সাথে আমি বললাম, "সব কথা পরে হবে আগে ঘুমানোর জায়গা দাও"। ও আগে থেকেই আমাদের শোয়ার জায়গা রেডি করে রেখেছিল । রেলের কামরার মত তিনটে করে শোবার থাক করা । আমরা ওর মধ্যেই যে যার মত স্লিপিং ব্যাগ নিয়ে শুয়ে পরলাম।

২৬তারিখ সকাল আটটায় ঘুম থেকে উঠলাম। পাহাড়ের মানুষগুলো হৃদয় দিয়ে ভালোবাসতে জানে, পাহাড়ের প্রাকৃতিক রূপ মনকে চুরি করে নিতে পারে , কিন্তু ভারতবর্ষের বিভিন্ন প্রান্ত থেকে আসা মানুষগুলো যখন সম্পূর্ণ যোগাযোগ বিচ্ছিন্ন

সেনা ছাউনি

হয়ে দেশমাতৃকার জন্য নিজের জীবন অতিবাহিত করে, তাদেরও যে ভালোবাসতে ভালো লাগে তা নতুন করে জানলাম। ফিরোজ সুবেদারজি সহ মোট এগারোজন সন্ধ্যা সাতটা থেকে রাত এগারোটা পর্যন্ত আমাদের জন্য অপেক্ষা করে বসে ছিল । তার পরেও আমরা যখন আসতে পারিনি তখন ওরা বুঝে গেছে হয়তো কোনো বিপদে পড়েছি আমরা ।কিন্তু নিরুপায় হয়ে রাত্রি দুটোর সময় ওরা ঘুমাতে গেছে।

একবাপ বেড-টি তে আমাদের ঘুম ভাঙলো। বালতিতে করে গরম জল এনে দেওয়া, ব্রেকফাস্টে কাজু, আখরোট, চিনাবাদাম, আলমন্ড, এসব শুকনো ফলের সাথে দ্বিতীয়বারের চা বিস্কুট খেতে খেতে সকলের সঙ্গে ভালো করে পরিচয় পর্ব সারা হলো । সুবেদারজী রাজস্থানের বাসিন্দা, নাম বুদ্ধ রাম। ওয়্যারলেস অপারেট করার সঙ্গে সঙ্গে ডিউটি ডিসট্রিবিউশন এবং আমাদের আতিথিয়তার কোন কমতি হতে দিচ্ছেন না । গতকালের রাত্রিটা আমাদের কাছে না পাওয়া থেকে গেল। যদিও এই না পাওয়ার মধ্যে চরম প্রাপ্তি ছিল কাশ্মীরের ওই সুদর্শন যুবকরা। হয়তো যাদের জন্য আমরা বেঁচে আছি । ফিরোজকে বললাম আমরা তাড়াতাড়ি বেরিয়ে যাব। এর মধ্যে আমাদের জন্য পাহাড়ি মুরগির মাংস, রুটি আর স্যালাড তৈরি হয়ে গেছে। যদিও আমি খাদ্যরসিক নোই, তবুও এত দিনের প্রায় অভুক্ত চোখ লোলুপ দৃষ্টিতে তৃপ্তি আস্বাদন করল। খাওয়া সেরে গ্রিন আপেল এবং নাম না জানা কিছু ফল খেতে হল। সুদীপ্ত আমার জন্য ওর নার্সারি থেকে চারটে ড্রাগন ফ্রুট নিয়ে এসেছিল, কিন্তু বাড়িতে তাড়াহুড়োর মধ্যে দিতে ভুলে গেছে। হঠাৎ করে মনে পড়ল ফলগুলো ভালো আছে কি? গাড়ি থেকে বের করে ওদের সামনে আনতে অবাক দৃষ্টিতে দেখলো। ওদের কাছে এই ফলটি একদমই নতুন। সবাই মিলে ভাগ করে খাওয়া হলো। মন না চাইলেও আমাদের এবার বের হতেই হবে ।আমাদের প্রত্যেকের জন্যে এক প্যাকেট করে কাজুবাদাম দিল ফিরোজ। আমাদের বিদায় জানাতে সকলে মিলে এতটাই আবেগ তাড়িত হল যে, মনে হল ভীষণ আপন জনদের ছেড়ে চলে যাচ্ছি। ওদের কথা মনের অজান্তে যদি কখনো ভুলে যায় তবে তা আত্ম স্বার্থপরতার নিদর্শন হয়ে থাকবে। রওনা দিলাম হোটেলের দিকে।

হোটেলে পৌঁছে 'আউ'(চাচা); 'মাচুং'(চাচি); 'নুনো'(ভাই); 'নুমো'(বোন) সকলে আমাদের অভ্যর্থনা জানাতে এলো। বুঝতেই পারলাম না এরা হোটেলের মালিক নাকি

আত্মীয় স্বজন। শুনেছিলাম পাহাড়ীরা খুব ভালো মনের মানুষ হন কিন্তু বাস্তবটা তার থেকে বহু গুন বেশি সুন্দর।

অভিযান শেষে ভ্রমণের আস্বাদ

এবার একটু ঘুরতে বেরোলাম। ম্যাগনেট হিল একটা আশ্চর্য্য রকম পাহাড়। রাস্তার নিচু ঢালে গাড়ি নিউট্রাল করে রেখে দেওয়ার পর একা একাই গাড়ি উপরের দিকে উঠে যাচ্ছে ।এই পাহাড়ের চুম্বকত্ব সমস্ত মেটালকে আকর্ষণ করে। লাদাখে আমরা দুই জায়গায় এই ম্যাগনেট হিল দেখেছি। জাস্কার ও সিন্ধুর সঙ্গমে পৌঁছলাম। দুটো জনদীর দুই রঙের জলধারা একত্রে মিলিত হতে দেখে মুগ্ধ হলাম। এরপর পৌঁছলাম লামায়ুরু মনেস্ট্রী পাহাড়ের টপে। মনেস্ট্রীর প্রাচীনত্ব কয়েক বছরের ইতিহাসকে ফিরে দেখায়। ভাবতে অবাক লাগে -সেই প্রাচীন সভ্যতায় দাঁড়িয়ে কিভাবে গগন স্পর্শী এই আরাধনা গৃহ নির্মিত হলো ? পাহাড়ের গায়ে এখন যেন তারার মেলা। অন্ধকার ঘনিয়ে আসছে। হোটেলে ফিরে নবাং কে বললাম -আজ তাড়াতাড়ি খেয়ে নেবো।

আজ ২৭শে জুলাই। আকাশ পথে অভিষেক সান্যাল কুশোক বাকুলা রিম্পচি এয়ারপোর্টে নেমে আমাদের হোটেলে এলো। অভিষেক ডব্লিউ.বি.সি.এস. অফিসার ,বর্তমানে মুর্শিদাবাদের বহরমপুরে ওর পোস্টিং। আজ থেকে আমাদের ঘোরার সঙ্গী অভিষেকও। সেইসাথে অভিষেকের দুই বন্ধু প্রসেনজিৎ সিনহা এবং স্বরুপেন্দ্র নাথ রায় এক্সপিডিশনের জন্য দুটো রয়েল এনফিল্ড নিয়ে পৌঁছলো আমাদের হোটেলে। ঐদিন দুপুরে খাওয়া দাওয়া করে আমরা বেরিয়ে পড়লাম । প্রসেনজিৎ ও স্বরূপদা একটু পরে বেরোবে এবং রাত্রে আমাদের সঙ্গে মিট করবে ।তারপর থেকে দুটো বাইক আর আমাদের গাড়ি একসাথে ঘুরবে হিমালয়ের কোলে ।ওদের জন্য এক জারিক্যান পেট্রোল নিয়ে নিলাম এবং আমাদের গাড়িও ফুল ট্যাঙ্ক করে নিলাম কারণ এরপরে আর পেট্রোল পাম্প নেই ।

সাউথ পুলু হয়ে খারদুং-লা পৌঁছলাম । পৃথিবীর সর্বোচ্চ মোটরেবল পাস এই খারদুং-লা টপ । রাস্তার দুধারে সাদা বরফ জমে আছে । বরফের পাহাড়ে কিছুটা ওঠার চেষ্টা করলাম । লা-টপ থেকে একটু নেমেই সদ্য বরফ গলা জল অতিক্রম

করে আমাদের এগোতে হলো । খারদুং ভিলেজ হয়ে ডিসকিট-এ পৌঁছলাম । এখানে সবচেয়ে বড় বুদ্ধের মূর্তি আছে । বুদ্ধ মূর্তির পায়ের পাতার উচ্চতা আমাদের উচ্চতার সমান , এটাই পৃথিবীর বিখ্যাত ডিসকিট মনেস্ট্রী । মনেস্ট্রীর নিচেই একটা বাংলোর মত হোটেলে প্রবেশ করলাম। হোটেল মালিক ,উনার স্ত্রী এবং এক মেয়ে ছাড়া কেউ নেই ওখানে । বিশ্ব মহামারীর জন্য আপাতত হোটেল বন্ধ আছে । নিজেদের পরিচয় দিয়ে অনুরোধ করতে উনি আমাদের রুম দিতে রাজি হলেন । একটা রুমে ওদের প্রার্থনা কক্ষে কয়েক শ' বছরের পুরনো জিনিসপত্র আছে। পিতল নির্মিত ফোল্ডিং ভ্যাঁপু, একশো বছরের প্রযুক্তি নির্মিত প্রেসার কুকার আরো কত কিছু।

হোটেলের পিছনে গলবেদিতে বেতের চেয়ারে বসে চা খেতে খেতে লক্ষ্য করলাম সামনের অ্যাপ্রিকট গাছে অনেক ফল ধরে আছে আর মাথার ওপরে গ্রীন অ্যাপলে ভর্তি। সত্যিই এই হোটেলে থাকার সুবাদে অনেক কিছু দেখা হয়ে গেলো।ঘুরতে এলে তারিখ, সময় সবকিছু ভুল হয়ে যায় । মোবাইলের ক্যালেন্ডার খুলে দেখলাম আজ ২৮শে জুলাই। মোবাইলটাও এখন শুধুমাত্র ক্যামেরা হয়ে উঠেছে।

বৌদ্ধ ধর্মীয় আচারের বাদ্যযন্ত্র

যোগাযোগের মাধ্যম আর নেই । নুব্রা ভ্যালি হয়ে পৌঁছলাম সিয়াচেন গ্লাসিয়ার। পাহাড়ের সাথে সাথে গ্লাসিয়ারও আমাকে ভীষণ আকর্ষণ করে । শুকনো বালির মত বিস্তর প্রান্তর জুড়ে শুধুই তুহিন-কণা যেনো স্বর্গীয় আবেশ এনে দেয় । শীতল মরুভূমি কে পাশে রেখে আমরা পৌঁছালাম টুরটুক ভিলেজ । এটি ভারতের শেষ গ্রাম। নিচে প্রবাহিত শায়ক নদী ।বাইনোকুলার দিয়ে সামনের উঁচু পাহাড়ের উপর ভারতের গৌরবের পতাকা ও বাংকার দেখা যায়। গ্রামের শেষ প্রান্তে পাহাড়ের খারাইয়ের সীমান্তে তিরাঙ্গাকে শ্রদ্ধা জানালাম। সীমান্ত থেকে অনেকটা হেটে নামতে হবে আমাদের গাড়ির কাছে । পথের দু'ধারে প্রচুর অ্যাপ্রিকট গাছ ভর্তি হয়ে আছে ।

ধর্মের জন্ম হয় আঞ্চলিক সংস্কৃতি থেকে । কিছু স্বার্থান্বেষী উচ্চবর্ণের মানুষরা নিজেদের স্বার্থ চরিতার্থ করার জন্য মানুষে মানুষে ভেদাভেদ সৃষ্টির মাধ্যমে মানুষকে ধর্মের মুখোশ পরিয়ে দিয়েছে । টুরটুক অধিবাসীদের কবরস্থ করার পাহাড়ের ঢালটি

নুব্রা শীতল মরুভূমি

তারই প্রমাণ দেয় । সমতলের মাটি দেওয়া আর পাহাড়ের ঢালে পাথরের চৌকা আঁকার বাক্সের মধ্যে করে কবরস্থ করার ধর্ম এক হলেও রীতিটা আলাদা । শুধু ইসলাম ধর্মে নয় হিন্দু, বৌদ্ধ ,খ্রিস্টান সকল ধর্মের সমতল ও পাহাড়ের রীতি একেবারে ভিন্ন । যাইহোক ভিলেজ ছেড়ে গাছ থেকে অনেক অ্যাপ্রিকট পেড়ে পাহাড়ি মেয়েদের কাছে থেকে পাঁচ টাকা পিস আপেল কিনে যখন হোটেলে পৌঁছালাম তখন রাত হয়ে গেছে । কিন্তু কোনভাবেই প্রসেনজিৎ বা স্বরূপদার সাথে আমরা যোগাযোগ করতে পারিনি । আমরা জনি পাহাড়ে যোগাযোগ বিচ্ছিন্ন হওয়া মানে দুশ্চিন্তা করা ছাড়া করণীয় কিছুই নেই ।

আজ ২৯তারিখ। সকালে টিফিন করে ডিসকিট হয়ে হুন্ডারে পৌঁছলাম। হুন্ডার ভারতবর্ষের শীতল মরুভূমি । ছোট জলধারা পার করে মসৃণ বালিয়াড়িতে পদচিহ্ন এঁকে দিতে দিতে যখন বালিয়াড়ির উপর উঠলাম ,দেখলাম সামনে বালির

মরুভূমির মাঝে ছোট ছোট ক্যাকটাসের সমারোহ । কিছুক্ষণ পরেই একটা চেনা শব্দে পিছন ফিরে তাকালাম । একদল ব্যাকটেরিয়ান ক্যামেল এগিয়ে আসছে । চেনা শব্দ এই কারণে বললাম কারণ রাজস্থানের থর মরুভূমিতে উটের পিঠে চেপে ঘোরার সময় এই ডাকের সাথে পরিচিত হয়েছিলাম । এই ব্যাকটেরিয়ান ক্যামেলের অরিজিন চিন এবং মঙ্গোলিয়ার গোবি মরুভূমিতে এবং আমাদের ভারতবর্ষে এই শীতল মরুভূমিতে একমাত্র এদের দেখা মেলে । এই উটের বিশেষ বৈচিত্র হলো এদের দুটো হাম্প দেখা যায় এবং থর মরুভূমির উটের চেয়ে এদের উচ্চতা বেশ কিছুটা কম । হুন্ডারে থাকার পর খালসার হয়ে শায়ক নদী পার করে এগোতে গিয়ে দেখলাম ল্যান্ড স্লাইড এর জন্য রাস্তা বন্ধ হওয়ায় ওয়ারিলা হয়ে রামবীরপুর পৌঁছলাম । এরপর ছাং-লা উঠে দেখলাম রাস্তার উপর দিয়ে হড়পা বান প্রবাহিত হচ্ছে । ছবি তুলতে গিয়ে কৌশিকের গোফরো জলে পড়ে গেল । সদ্য বরফ গলা জলের মধ্যে জুতো পরে কৌশিক নেমে পড়ল কারণ এই গোফরো আমাদের অভিযানের ডকুমেন্টারির একমাত্র যন্ত্র । হড়পা বানের প্রবাহিত জলের মধ্যে গাড়িকে এগিয়ে নিয়ে গিয়ে পাহাড়ের ঢালে দাঁড় করালাম । কিছুক্ষণ পর কৌশিককে দুহাত তুলে লাফিয়ে উঠতে দেখে বুঝতে পারলাম শুধুমাত্র ডকুমেন্টারি নয় ভবিষ্যতে আমাদের স্মৃতির ঝাঁপি নেড়ে দেখার যন্ত্রটির উদ্ধার হয়েছে । ওখান থেকে ডরবুক সেনা ছাউনি পার করে রাস্তাটা দুই ভাগে ভাগ হয়ে গেছে - একটা রাস্তা দৌলতবাগের দিকে গেছে । আমরা তাংসে থেকে প্যাংগং সো (লেক) র দিকে এগিয়ে গেলাম । প্যাংগং লেকে যখন পৌঁছলাম তখন সন্ধ্যা নেমে এসেছে । ঝিরঝির করে বৃষ্টি পড়ছে । সমুদ্রের মতো বিশাল লেক জুড়ে স্পষ্ট রামধনু শোভা দিচ্ছে । ধূসর, কালো, সাদা, খয়েরি ,সবুজাভ রংয়ের পাহাড় লেক কে ঘিরে রেখেছে। জীবনে এত বড় রামধনু কখনো দেখিনি । প্রচন্ড শীতের মধ্যে চোখে,মুখে ও হাতের পাতায় জলকণা সূচের মতো বিঁধছে । কিন্তু লাদাখের রাণীর এই অপরূপ সৌন্দর্যে মুগ্ধ হয়ে শরীর খারাপ হওয়ার সম্ভাবনার কথা ভুলে যেতে বাধ্য হয়েছি। সত্যি হিমালয় এক স্বর্গরাজ্য । এখানেই নৈসর্গিক সুখ আছে । প্রকৃতি যেখানে নিজের নিজের মনের মত করে নীল আকাশের নিচে সাজিয়ে রেখেছে পরিপাটি করে। আবারও বলতে ইচ্ছে করছে মানুষ হয়ে জন্ম গ্রহণ করলে হিমালয়ের কোল স্পর্শ না করা , চোখের লেন্সে আকাশ নদী, পাহাড়, ঝর্ণা, পাহাড়ি সংস্কৃতি ধরে রাখতে না পারলে সে জন্ম বৃথা। একশো চৌত্রিশ কিমি দীর্ঘ এই লেকে

কয়েকটি ভাগে ভাগ করা হয়েছে প্যাংগং সো, সো নায়েক ,রাম সো এবং নায়েক সো । স্যাটেলাইট ইমেজে দূর থেকে পাশাপাশি দুটি নীল পর্বত এর মত দেখতে লাগে।

প্যাংগং লেক

এবার আমাদের থাকার ব্যবস্থা করতে হবে কারণ এই লেকের ধারে হাতেগোনা কয়েকটি পর্যটকদের জন্য তাঁবু খাটানো আছে । তাঁবুগুলো দেখতে কিছুটা আরব্য যাযাবর উপজাতি বেদুঈনদের মতন । এগুলোর মধ্যে আমরা একটা টেন্ট বুক করলাম । খুব কষ্ট করে পাঁচজন এখানে থাকতে হবে। চাল, ডাল , ঘী আর লবন পেশার কুকারে দিয়ে আমাদের ডিনার প্রস্তুত হল । খুব তৃপ্তি করে খেয়ে চারিদিকে পাহাড়ে ঘেরা হিমালয়ের আঁচলে নীল-হ্রদের ছোট্ট তাঁবুতে চোখের পাতা এক করলাম।

ঘুম থেকে উঠে সকালের সোনালী রোদের আলোয় পাহাড় চূড়ার বরফ গুলো রং পাল্টেছে । গতকাল সন্ধ্যার প্যাংগং আর সকালের প্যাংগং এর সৌন্দর্য সম্পূর্ণ আলাদা । লাদাখের রানীর এখন নতুন রূপ দেখে মন চায় না ছেড়ে যেতে । যাত্রা শুরুর তেরো দিন অতিক্রান্ত হয়ে আজ তিরিশে এপ্রিল । ভারাক্রান্ত হৃদয় নিয়ে বিদায় জানিয়ে ছাং-লা হয়ে হোটেলে মালপত্র নিয়ে , নাবাং দের বিদায় জানিয়ে কার্গিলের দিকে রওনা হলাম। "কার্গিল ওয়ার মেমোরিয়াল" পৌছালাম । যুদ্ধে শহীদ সেনা ও সেনানায়কদের স্মৃতি ফলক স্পর্শ করে যুদ্ধে ব্যবহৃত মিসাইল , কামান ইত্যাদি অস্ত্র-শস্ত্র দেখে সামনের টোলোলিং পাহাড়ের দিকে চোখ রাখলাম। এই পাহাড় থেকে পাকিস্তানি বুলেট ঝাঁজরা করে দিয়েছিল ভারতীয় সেনাদের বুক । আজ এই টোলোলিং পাহাড় ভারতের অধীনে । কিন্তু সেই তরুণ-যুবকদের শিরা-উপশিরায় রক্তপ্রবাহ বন্ধ হয়ে গেছে । এক মায়ের কোল শূন্য করে দিয়ে আর এক মাকে রক্ষা

করে যারা শহীদ হয়েছেন তাদের শ্রদ্ধা জানিয়ে , গাড়ির চাকা গড়িয়ে চললো "দ্রাস" এর উদ্দ্যেশ্যে । লাদাখের ইউনিয়ন টেরিটোরির অন্তর্গত কার্গিল জেলার রেলস্টেশন হল দ্রাস এবং পৃথিবীর দ্বিতীয় শীতলতম স্থান। এখানেই আজকে আমাদের রাত্রিবাস।

ভয়ঙ্কর জোজি-লা

আজ মাসের শেষ দিন। দ্রাসের হোটেলে চেক আউট করে ঘি মাখানো রুটি আর ফ্রুট আচার দিয়ে সকালের টিফিন সেরে বেরোলাম। আমাদের জোজি-লা হয়েই যেতে হবে । পাহাড় ডিঙিয়ে হিল কার্ট বিপদসংকুল পথ অতিক্রম করে , পাহাড়ের একটা পাক ঘুরতেই চোখে পড়ল ছোট দেশলাইয়ের বাক্সের মতো অনেকগুলো গাড়ি যেন আঁকাবাঁকা ট্রেন হয়ে দাঁড়িয়ে আছে । বুঝলাম আমাদের শর্টকাট রাস্তা ধরে যে পথে যাওয়ার কথা ছিল প্রবল ধসের জন্য জোজি-লা র রাস্তা ধরেও আমরাও সেই বিপদের সম্মুখীন হলাম। জোজি-লা টপ থেকে আঠারো কিলোমিটার যাওয়ার পর কার্গিল ট্যুরিজম ডেভলপমেন্ট অথরিটির তোরনের পঞ্চাশ মিটার আগে হড়পা বানে রাস্তা ধসে পড়েছে।

আর্মির জেসিবি চেষ্টা করছে রাস্তার উপরে থাকা বড় বড় বোল্ডার গুলোকে সরানোর। মেঘ ভাঙ্গা বৃষ্টির জন্য হরপা বান এবং সেইসাথে জোজি-লার রাস্তার উপর ধস নেমে একটা ছোট্ট পাহাড় তৈরি করে দিয়েছে। এখান থেকে গাড়ি ঘোরানো কোনোভাবেই সম্ভব নয়। কারন গাড়ির চার চাকার অবস্থান আর রাস্তার প্রস্থ একই। সামনে এগোনই একমাত্র উপায়। ডানদিকে ছোট্ট একটু সবুজ উপত্যকা, তার পাশ দিয়ে প্রবল বেগে বইছে নদী, নদীর ওপারে সুন্দর করে সাজানো আছে পরপর কয়েকটা পাহাড়, উপরে নীল আকাশ, সাদা মেঘগুলো পাখির মতন ডানা মেলেছে। আমাদের সামনে অনেকগুলো গাড়ি সারিবদ্ধ হয়ে আছে। বামদিকে খাড়া পাহাড় । ছোট ছোট পাথর উপর থেকে গড়িয়ে পড়ছে আমার জানলার ধারে। গাড়ি থেকে নেমে ল্যান্ড স্লাইড জোনে উৎসুক মন নিয়ে পৌছালাম।

দুটো পাহাড়ের মাঝের উপত্যকা দিয়ে কাদা গোলা জলের স্রোতে তখনও নিচে নামছে । বড়-ছোট বিভিন্ন আকৃতির প্রচুর বোল্ডার স্তূপিকৃত হয়ে আছে রাস্তার উপরে । যুদ্ধ-কালীন তৎপরতায় সকাল থেকে আর্মিদের চেষ্টা চলছে রাস্তা পরিষ্কার করবার । দুপুর গড়িয়ে গেছে । সন্ধ্যার আগে এই পাস অতিক্রম করতে না পারলে পরিস্থিতি আরো ভয়াবহ হতে পারে । হরপাবান ও ল্যান্ড স্লাইড রাস্তা অতিক্রম করে নিচে যেখানে আঁছড়ে পড়েছে তার পাশেই ছোট্ট উপত্যকার এক প্রান্তে আর্মিদের ক্যাম্প । ওদের ক্যাম্পও ক্ষতিগ্রস্ত হয়েছে । খুব অল্পের জন্য ওরা মৃত্যুর হাত থেকে বেঁচে গেছে । আর মাত্র কুড়ি ফুট দূরে ল্যান্ড স্লাইড হলে ওদের ক্যাম্প ধ্বংস হয়ে যেত । এভাবেই কতগুলো বলিষ্ঠ যুবক জীবন-মৃত্যুকে ভৃত্য করে দেশমাতৃকার কে রক্ষা করতে ব্রতী হয়েছে । ভারতবাসীর প্রত্যেকটি মানুষকে শান্তিতে আত্মীয় পরিজনদের নিয়ে নিরাপদে জীবন যাপন করার দায়িত্ব নিয়েছে । তাদের পরিবারের শ্রদ্ধা, ভালোবাসা ও স্নেহের মানুষগুলোর সাথে তাদের কথা বলার সুযোগও নেই ।

খুব অল্প সময়ের কাজ এটা নয় । এতক্ষণে আমাদের গাড়ির পেছনে আরও কিছু গাড়ি সারিবদ্ধ হয়েছে । ধসের ভয়ে সকলেই সমতলের ফেরার ব্যস্ততায় । সকাল থেকে যারা দাঁড়িয়ে আছে ইতিমধ্যে নিচের ভ্যালিতে নেমে নিজেদের কাছে থাকা খাবার খেয়ে তারা কোনো রকমে তাদের ক্ষুধা, তৃষ্ণা নিবারণের প্রচেষ্টায় রয়েছে । যাদের কাছে কোন খাবার নেই তাদেরকে অন্যরা বিস্কুট, স্ন্যাকস পর্বতের সৌহার্দ্য বজায় রাখতে এগিয়ে দিচ্ছে । এক পরিবারের পাশাপাশি আমরা বসে ছিলাম ।কথা

হল পরিচয় হলো । আমরা বারণ করা সত্ত্বেও জোর করেই গোলাপি রঙের মসলাদার চা বানিয়ে দিলো আমাদের জন্য । বসে থাকতে থাকতে প্রায় চার ঘণ্টা অতিক্রান্ত হয়ে গেছে । রাস্তা পরিষ্কারের কাজ এখনো চলছে । সশব্দে প্রবাহিত নদীর পাড়ে ,নীল আকাশের নীচে শুয়ে শুয়ে অনেকক্ষণ কাটলো । বাতাসের হিমেল স্পর্শে, সূর্য কিরণের উষ্ণতা মেখে, ঘাসের গালিচায় মাথার নিচে একপাটি জুতো রেখে ,গগনচুম্বি বরফাচ্ছন্ন পাহাড়ের দিকে দৃষ্টি মেলে, এক স্নিগ্ধ আবেশে কেমন যেন তন্দ্রাচ্ছন্ন হয়ে পড়েছি । কোনো মতে একটা গাড়ি যাবার মত রাস্তা পরিষ্কার করে দিয়েছে আর্মি জওয়ানরা । নিমেষের মধ্যে এই পাহাড় নদীকে একা ফেলে রেখে সকলে উঠে গেল যে যার গাড়িতে । শান্ত পাহাড়ের বুকে বেজে উঠল অসংখ্য ইঞ্জিনের শব্দ । কলকাতা থেকে চারজন বাইক রাইডারকে দেখে জিজ্ঞাসা করেছিলাম-"বাঙালি ?" হুট করে জবাব দিয়েছিল - "আরে দাদা হ্যাঁ, তাড়াতাড়ি আমাদের পাশে এসে বসুন । কতদিন হল বাঙালির স্পর্শ অনুভব করিনি।" জল, বিস্কুট হাতে ধরিয়ে দিলো । পরিচয় পর্ব পূর্ণ হওয়ার আগেই বাইক রাইডারদের আর্মি জওয়ানরা ছেড়ে দিয়েছিল । এই পাঁচ ঘণ্টার অপেক্ষা ল্যান্ড স্লাইডের ভীতির সাথে সাথে অনেকগুলো স্মৃতিফলক এঁকে দিল মনের মধ্যে । জোজি-লা ক্রস অতিক্রম করে সোনমার্গে একটা গাড়ির লাইন দেখে মনে হল আবার কি ধস্ নামল নাকি !

ঝিরঝির করে বৃষ্টি পড়ছে । এগিয়ে গেলাম একদম সামনের গাড়িটির কাছে । সিন্দ নদীর ধারে ছোট্ট একটা তাঁবু খাটিয়ে এখানে প্রত্যেকের র‍্যাপিড টেস্ট করা হচ্ছে । লেহ প্রবেশের মুখে আমাদের গাড়ি স্যানিটাইজ করে র‍্যাপিড রেস্ট করা হয়েছিল । কিন্তু তা তিন দিন অতিক্রান্ত হওয়ার জন্য আবারো করাতে হবে । পরপরপাঁচ জনের সোয়াব নিয়ে টেস্ট করা হলো। টেস্টিং কিটে একটি নাকি দুটি রেখা ফুটে উঠে তা দেখার জন্য উৎসুক সকলেই । এখানে কোনভাবে যদি পজিটিভ হয় তাহলে সকলকেই সোন মার্গ পার্কের কাছে স্বর্গীয় রাজ্যে আইসোলেশনে বন্দী হতে হবে চোদ্দো দিন।

আমি গ্রামের ছেলে। নীল আকাশ, পাহাড় , পাহাড়ের উপর থেকে নিচে আছড়ে পড়া জল আমায় যেমনি টানে, তেমনি দীর্ঘ ষোলো দিন অতিক্রান্ত হওয়ার পর আমার গ্রাম

আমায় ডাকছে । উৎসুক দৃষ্টি আটকে রয়েছে টেস্টিং কিটের ওপর । না!সকলেই নেগেটিভ । চেকপোস্টের লম্বা কাঠের দণ্ডটি উপরে উঠে গেল আমরা চললাম সোনমার্গ থেকে গুলমার্গের ।

এরপর শ্রীনগর কে পাশে রেখে অনন্ত নাগ হয়ে জহর টানেলে প্রবেশ করলাম । কতগুলো পাহাড়কে ঘুরে যে সুদীর্ঘ পথ ছিল, টানেলের মধ্যে দিয়ে তা খুব সহজেই কয়েক মিনিটের মধ্যেই অতিক্রম করা সম্ভব হয়েছে । এটা সত্যি যে প্রতিরক্ষা আরো শক্ত করার জন্য ওই টানেলের গুরুত্ব অসীম । কিন্তু প্রকৃতির নিজস্বতাকে কৃত্তিমতার রূপ দিলে কোথাও যেন হৃদয়ে আঘাত হানে। উধমপুরে দাঁড়িয়ে সবজি আর মাখন-রুটি খেয়ে যখন জম্মু পৌঁছালাম তখন রাত দশটা বেজে গেছে । এখান থেকে স্টিয়ারিং আমি হাতে নিলাম। সারারাত গাড়ি চলবে। সুন্দর ঝকঝকে রাস্তায় গাড়ি ছয় লেনের মাঝের ফুলের গাছ গুলিকে পেছনে ফেলে সাঁই সাঁই করে ছুটছে। সকলে ঘুমোচ্ছে। মৃদু শব্দে গাড়ির মধ্যে সংগীতের আবহ বয়ছে। রাস্তাতে গাড়ির সংখ্যা ভীষনই কম। একটানা অনেকক্ষণ চালানোর পর ভোর তিনটের সময় জল খেয়ে চোখে-মুখে একটু জল ছিটিয়ে নিলাম । ততক্ষনে সুদীপ্ত গাড়ি থেকে

বেরিয়ে এসেছে । সুদীপ্তকে জিজ্ঞাসা করতেই ও ইচ্ছা প্রকাশ করতেই স্টিয়ারিং ওর হাতে দিলাম ।

ছয় লেনের আলোকিত রাস্তায় সুদীপ্তর হাতে গাড়ি ছুটতে শুরু করলো । সকলেই ক্লান্ত । একটানা দিন-রাত গাড়ি চলছে । শুধুমাত্র লাঞ্চ, ডিনার বা চা খাওয়ার জন্য একটুখানি থামা । নাইট ট্রিপে যে ড্রাইভ করে তার পাশের জনকে সজাগ থাকতে হয় । কিন্তু দীর্ঘ প্রায় আঠারো দিনের ক্লান্তি ও জার্নি সকলকে তন্দ্রাচ্ছন্ন করে রেখেছে । তাছাড়া নিখুঁত যান-জটহীন রাস্তায় স্টিয়ারিং ধরে বসে থাকা ছাড়া কোন কাজ নেই । ক্রুজ কন্ট্রোল অন করে সুদীপ্ত পায়ের এক্সিলেটারও ছেড়ে দিয়েছে । এক ঘন্টা পার হওয়ার পর আমরা ঘুমিয়ে গেছি । মধ্যরাত্রে শুনশান রাস্তায় শারীরিক ক্লান্তি নিয়ে সুদীপ্ত যেন আরাম কেদারায় বসে আছে নাম মাত্র স্টিয়ারিং ধরে । সাউন্ড সিস্টেম অন আছে । মৃদু শব্দে গান চলছে ।

হঠাৎ করে ভীষণ শব্দে এবং ঝাঁকুনিতে আমাদের ঘুম ভেঙে গেল । সকলের প্রশ্ন- "কি হলো ?" গাড়ি তখনো চলছে । রাস্তায় বাম দিক ঘেঁসে সড়ক পথ থেকে নেমে গাড়ি দাঁড়িয়ে পড়লো । সুদীপ্ত স্টিয়ারিং ধরে বসে আছে, মুখে কোন কথা নাই । কিছুক্ষণ পর ধাতস্থ হয়ে সুদীপ্ত বুঝতে পারল ক্ষণিকের জন্য ঘুমিয়ে গেছিল । আর সেই সময় রাস্তার উঁচু ডিভাইডারে গাড়ির সামনের চাকা সশব্দে ধাক্কা মেরেছে । ওই স্পিডে গাড়ির চাকা ডিভাইডারের ওপর উঠে গেলে দশ থেকে পনেরো পাল্টি খাওয়ার পর গাড়ি এবং আমাদের অস্তিত্ব না থাকার কথা । এটা হওয়ায় স্বাভাবিক ছিল । দিল্লি মার্গ চুয়াল্লিশ নম্বর জাতীয় সড়ক সোনি পথে আমাদের যাত্রা শেষ হয়ে যেত । কিন্তু ঈশ্বরের অসীম কৃপা ডিভাইডারে ধাক্কা লেগে গাড়ির সামনের চাকা ঘুরে গেছে । বামদিকে, সামনে, পেছনে বা পাশে কোনো গাড়িও ছিল না এবং সুদীপ্তর তন্দ্রাভাব কেটে স্বাভাবিক হয়ে গাড়ি থামানোর জন্য অনেকটা সময় এবং অনেকটা পরিসর পেয়েছে । লং ড্রাইভে এসব রিস্ক থাকেই তাই এসব না ভেবে সকলে চোখে মুখে জল দিয়ে গাড়িতে উঠে পড়লাম । এবার কৌশিকের হাতে স্টিয়ারিং।

ভোর হয়ে গেছে । রাতের অন্ধকারকে সরিয়ে দিয়ে প্রভাত রবির রক্তিম আভায় ভরে গেছে ইস্টার্ন পেরিফেরাল এক্সপ্রেস ওয়ে । আজ পহেলা আগস্ট । উত্তরপ্রদেশের লক্ষ্ণৌ, ভারতীয় প্রমান সময়ের এলাহাবাদ হয়ে বারানসিতে খাবার খেলাম। একটার পর একটা রাজ্য অতিক্রম করছি। এরপর বিহারের ধানবাদ হয়ে

আমাদের বাংলায় প্রবেশ করলাম। পানাগড় দার্জিলিং মোড়ে আজাদ আমাদের সাথে দেখা করতে এলো। রোহিতের কাছে থেকে নেওয়া ট্র্যাকিং ইকুইপমেন্টস গুলো আজাদের কাছে দিলাম ।"বাবা ধাবা"তে চা খেয়ে বর্ধমান কাটোয়া হয়ে যখন দাইহাট মাটিয়ারী ফেরিঘাটে পৌঁছালাম তখন কিভাবে দুই তারিখ হয়ে গেছে বুঝতে পারিনি । পলাশীতে খাওয়া সেরে অভিষেককে বিদায় জানালাম । অভিষেকের গাড়ি ওকে নিয়ে চললো বহরমপুর। ঝিরঝির বৃষ্টি ধারার মধ্যে "কৃষ্ণা কুটিরে"র সামনে নামলাম । শরীর জুড়ে তখনো গাড়ি চলছে ।

আমার মা কৃষ্ণা দেবী ফুলের মালা ও চন্দন নিয়ে তাঁর দুই প্রজন্ম রাজা ও আর্যকে পাশে রেখে আমাদের বরণ করার জন্য দাঁড়িয়ে আছেন । ঘটনার ইতি হলেও স্মৃতি থাকে চিরস্থায়ী । এই স্মৃতি, মনের মনিকোঠায় উজ্জ্বল হয়ে থাকবে চিরকাল ।

।।সমাপ্ত।।

পশ্চিমের পশ্চিমবঙ্গে

"মনের মানুষ" শব্দটির আক্ষরিক অর্থের মধ্যে ভালোবাসার গভীরতা আমার কাছে সবচেয়ে বেশি । কিন্তু আধুনিকতার সময়ে দাঁড়িয়ে শব্দটি তার ভাবার্থকে হারিয়ে ফেলেছে । বর্তমান সভ্যতায় দাঁড়িয়ে আমরা দেখি বিভিন্ন রাজনৈতিক দলগুলি সাম্প্রদায়িক সম্প্রীতির প্রেক্ষাপটে কিছু মিথ্যাচার নিয়ে ব্যস্ত থাকে । কারণ সাম্প্রদায়িক সম্প্রীতি কথাটার মধ্যে "সাম্প্রদায়িক" কথাটি আছে । মাঝে মাঝে প্রশ্ন জাগে আধুনিক শিক্ষা ব্যবস্থায় যদি 'গলায় দড়ি' বা গণিত শিক্ষাতে ' দুধে জল মেশানো' অমনোবৈজ্ঞানিক হয়ে থাকে তাহলে সম্প্রীতির সাথে সাম্প্রদায়িক কথাটি কেন ? যাই হোক আমরা প্রকৃতি প্রেমিক মানুষ । আর এখানেই দুঃসাহসিক অভিযান নিয়ে কথা বলতে গিয়ে কিছু অপ্রাসঙ্গিক কথা উঠে আসার পেছনে হয়তোবা কোনো কারণ আছে।

কারাকোরাম থেকে কন্যাকুমারী, সান্দাকাফু থেকে ধু ধু থর মরুভূমির সবটাই এক্সপিডিশন এর অন্তর্গত থাকায় বাড়ির পাশের ঘাসের ওপর "ছোট্ট শিশির বিন্দুটি" দেখা হয়ে ওঠেনি । তাই এবারের ক্লাইমিং বা ট্রেকিং না থাকলেও ছোট্ট অভিযানে বেরোলাম মনের মানুষদের জন্য । ভাতৃপ্রতিম জয়ন্ত, মনোজ, তাজকে নিয়ে এই মনের মানুষের মধ্যে আমাদের অজান্তে কখন যেন আয়নাল স্থান দখল করে নিয়েছে। পোলোগঙ্কা পিক জয়ের রেস কাটতে না কাটতেই পয়লা নভেম্বর জয়ন্তর বাড়ি থেকে রওনা দিলাম। এবারে আমাদের সফরসঙ্গী জয়ন্তর এক্সেসেন্ট । স্টীয়ারিং-এ আমি আর তাজ। ভেসেলে কাটোয়া ঘাট পার হয়ে, কাটোয়া বর্ধমান ফাঁকা সড়ক পথের ধারে কাকিমার (জয়ন্তর মা) সযত্নে স্নেহ মাখা খাবার খেয়ে , পূর্ব বর্ধমানের ডি.এস.পি. (আই.বি) বীরেন্দ্র কুমার পাঠকের ফোন মারফতে আমন্ত্রণ পেয়ে , ফেরার পথে নিমন্ত্রণ রক্ষার প্রতিশ্রুতি দিয়ে, দু-একবার পথ ভুলে বাঁকুড়ার ডাঙ্গা নামের প্রত্যন্ত গ্রামে , নাজিরপুর সারদা বালিকা বিদ্যালয়ের প্রাক্তন শিক্ষিকার বাড়িতে মাটির দোতালার ঘরে থাকা, মাটির মানুষ মিঠুদির বাড়ি যখন পৌঁছালাম তখন সন্ধ্যা সাতটা বাজে । ফ্রেশ হয়ে মাটির দোতলা বাড়ির ঘরে বসে এখানকার রুক্ষ পরিবেশ এবং মানুষের জীবনযাত্রা ও আঞ্চলিক সংস্কৃতি সম্পর্কে পরিচিত হলাম । শুনলাম

গ্রীষ্মকালে ভৌম জলস্তর নেমে যাওয়ার জন্য সমস্ত জলাশয় থেকে শুরু করে , পানীয় জলের স্বল্প সংখ্যক কল গুলিও জল শূন্য হয়ে পড়ে । এমন পরিস্থিতির সম্মুখীন হতে হয় যে , জলের অপচয় রোধ করতে কাঁচা শালপাতায় খাবার খেয়ে কখনো পাতাতেও হাত মুছে নিতে হয় । সরকারি কুয়োর নিচে দড়ি বেয়ে নেমে মাঝখানের কিছুটা জায়গা গর্ত করে প্রায় একঘণ্টা অপেক্ষা করার পর কিছুটা পানীয় জল মেলে । এ তো গেল মানুষের কথা । কথাগুলো শুনতে শুনতে মনোজ অবচেতন মনে প্রশ্ন করে

নালা ক্ষয়

উঠলো, "তাহলে পশুপাখিদের তখন কি অবস্থা হয় ?" উত্তরে মিঠুদির মামা বলেছিলেন তারাও ভীষণ জলোকষ্টে ভোগে, 'ঝিম' ধরে থাকে, 'চিয়াতে' পারেনা । অথচ মানুষগুলো এসব নিয়ে কত সুখে থাকে । এইজন্যই অফরুট পর্বতাভিযান বা নির্জন গহন অরণ্য আমায় বারবার হাতছানি দেয় । যেখানে গেলে আমার বাস্তব জীবনের সাথে অভাবী ভালো মানুষগুলো বা কথিত সভ্য মানুষদের প্রকৃত বা অসহায় বন্য পশুদের অত্যাচারের সঙ্গে তুলনা করে এক বুক সুখ নিয়ে বাড়ি ফিরতে পারি ।

পরিবারের সকলের আন্তরিক আতিথেয়তার স্পর্শ নিয়ে ভোর হলো । সকালে মাঠে প্রাতঃকৃত সেরে বারবেন্দ্যা প্রাথমিক স্কুলের সরকারি নলকূপে স্নান সেরে , মুড়ি ও পাতার চপ , বেগুনি ও রমা সেদ্ধ , সাথে কাঁচা লঙ্কা ও পেঁয়াজ খেয়ে , পরিবারের সাথে সাথে পড়শীদের মূল্যবান বিদায় সম্বর্ধনা নিয়ে অযোধ্যা পাহাড়ের উদ্দেশ্যে রওনা দিলাম । অভিযানে বা সাধারণ পর্যটনের ক্ষেত্রে সেই অঞ্চলের সংস্কৃতি , খাদ্যাভ্যাস বা

মানুষগুলোর সাথে মিশে যেতে না পারলে ঘোরার অর্থ বৃথা । মুড়ি আমাদের ভারী খাদ্যতালিকায় না থাকলেও , এই প্রথম আমাদের সকলের কাছে আনন্দের সঙ্গে সকালের চারটি রুটির পরিবর্ত হিসেবে স্থান পেলো । না বললেই নয় মনোজ প্রায় একশো গ্রামের রমা সেদ্ধ , চার গ্লাস রমার ঝোল খেয়ে নিলো । আনন্দের সাথে বললো "এই সুযোগে আমি বেশ জমিয়ে আনন্দ উপভোগ করতে পারছি ।" কারণ মনোজের অর্ধাঙ্গিনীর নাম "রমা" ।

লাল পাহাড়ের দেশের জঙ্গলের বুক চিরে যেতে যেতে জঙ্গলের মধ্যে কাউকে রাস্তা কোনদিকে জিজ্ঞেস করলে ,উত্তরে বলছেন "চিক রাস্তা ধরে সোজা চলে যাবেন ।" পাকা রাস্তার পাশের রিফ্লেক্ট লাইটের নাম চিক লাইট । বিভিন্ন অঞ্চলের আঞ্চলিক ভাষা গুলো বেশ মজাদার । কিছুটা যাওয়ার পর সবার অজান্তেই রাস্তা থেকে টার্ন নিয়ে জঙ্গলের কাঁচা রাস্তায় নেমে পড়লাম । সবুজের গন্ধ আর লালমাটির রূপ দেখতে এখানে কিছুটা সময় কাটানো । যদিও নিভৃত জঙ্গলের পরিচ্ছন্ন রাস্তায় ড্রাইভ করতে গিয়ে হঠাৎই জঙ্গলের অফ রুটে ঢুকে পড়া আমার একটা ভালোলাগা । তবে এক্ষেত্রে জঙ্গল সম্পর্কে ধারণা এবং সাবধানতা অবলম্বন করা বিশেষ জরুরী । এখন আমাদের গন্তব্য মুকুটমণিপুর ড্যাম । চেকপোষ্টে খাতরা মহাকুমা এন্ট্রি ট্যাক্স দিয়ে , আমার ড্রাইভিং লাইসেন্সের নাম্বার এন্ট্রি করে , ভারতের দ্বিতীয় বৃহত্তম বাঁধ "মুকুট" এর মত টিলা দ্বারা বেষ্টিত নীল জলের সৌন্দর্য্যে আপ্লুত হয়ে মুকুটমনিপুর বাঁধের ওপর নামলাম । এরপর বাঁধের শেষ প্রান্ত পর্যন্ত পৌঁছে পর্যটকহীন বাঁধ ধরে খেয়ালী মনের ছেলেমানুষি জেগে ওঠার জন্য দেড়শ কিলোমিটার প্রতি ঘন্টায় বাঁধের ওপর দিয়ে গাড়ি ছুটিয়ে রানী বাঁধে পৌছালাম । এখান থেকে আমরা পরেশনাথ নৌকা বিহারে বেরোবো । গাড়ি পার্কিং করে একটা নৌকা ভাড়া করে নিলাম , যেখানে অন্য কোন পর্যটক থাকবে না । ডিয়ার পার্কের পাশ দিয়ে , ম্যানগ্রোভ অরণ্যের মতো দেখতে জলাধার সংলগ্ন জঙ্গলকে পাশে রেখে , পৌছালাম ছোট্ট একটা আইল্যান্ডে । এর নাম 'সবুজ দ্বীপ' । সত্যিই নামকরণের সার্থকতা আছে । ছোট্ট প্রায় পঞ্চাশ বর্গমিটারের দ্বীপ হলেও সবুজ গাছের সমারোহ ছাতার মত বেষ্টন করে আছে দ্বীপটিকে । সামনেই কাঁসাই বা কংসাবতী নদী ও কুমারী নদীর মিলনস্থল । এখানে বসলে মনে হয় একটা দিন ও রাত নিভৃতে কাটাতে । রাঙামাটির গলায় নেকলেসের আকৃতির বাঁধ , নদী সঙ্গম , অযোধ্যা হিল টপ, ছোট ছোট দ্বীপ , স্বচ্ছ জলের গভীরতা

, এ যেন সত্যিই বাঁকুড়ার রানী । কিন্তু আমাদের হাতে সময় নেই । বাঁধ রক্ষা কমিটি আমাদের দু'ঘণ্টা সময় বেঁধে দিয়েছেন ।

তুর্গা ফলস্

নৌকা পাড়ি দিল বাঁধের খেয়াঘাটে । রংবেরঙের বনফুলের মধ্যে দিয়ে বাঁধের উপরে উঠলাম । এরপর মুসাফিরানা ভিউ পয়েন্টে উঠে বাঁধের চতুর্দিকে বিস্তীর্ণ অঞ্চল দু'টি চোখকে মুগ্ধ করে দিল । রানীবাঁধকে বিদায় জানিয়ে বামনী ফলস হয়ে তূর্গা

জলপ্রপাতের সামনে দু'হাত বাড়িয়ে কুয়াশার মতো জলকণার স্পর্শ তাজের শৈল্পিক চেতনায় ফ্রেমবন্দি হয়ে থাকল । জয়ন্তর চোখে মুখে আনন্দের স্পষ্ট ছাপ আমাকে সুখ এনে দিলো । এখান থেকে সরু রাস্তা বেয়ে , কখনোবা গাছের ডাল ধরে উপরে উঠতে হয় । আমাদের মধ্যে সবচেয়ে স্বাস্থ্যবান ও লম্বা হলো আয়নাল। কিন্তু এটুকু উঠতে গিয়ে আয়নাল হাঁপিয়ে উঠলো । পেছনে মনোজের সাপোর্ট না থাকলে একবার আয়নাল গড়িয়ে পড়ার থেকে রক্ষা পেতোনা । তূর্গা ফলস থেকে বেরিয়ে মার্বেল লেকে পৌঁছালাম । উটির "পাইকারা" লেক বা লাদাখের সো-মোরিরি লেকের সৌন্দর্য দেখেছি কিন্তু সমভূমি থেকে একটু দূরে ছোট্ট অযোধ্যা পাহাড়ের মার্বেল লেক বা ময়ূর লেকের সৌন্দর্য্য একেবারে কম নয় ।

আজকের রাত আমরা পুরুলিয়া সিটিতে পাঞ্জাব ন্যাশনাল ব্যাংকের ম্যানেজার বন্ধু সুরজদার বাড়িতে কাটাবো । সেইসাথে তাজের জন্মদিন পালনের অনুষ্ঠানও হবে ওখানে । দুটো ছোট হেয়ারপিন টান অতিক্রম করে, একটা ভিউ পয়েন্টে এসে পাহাড়ের রূপকে মনের ক্যামেরাবন্দি করতে কিছু সময় কাটালাম । পাহাড়ের অকৃত্তিম প্রাকৃতিক শোভা খিদেটা গ্রাস করে নিয়েছে । সকালের রমা সেদ্ধ আর মুড়ি খেয়ে সন্ধা ঘনিয়ে এসেছে । মনের জোৎস্নাতে গা ভিজে গেছে । তাই যেন শরীরে কোন তৃষ্ণাও নেই । এন.এইচ সিক্সটি.এ.-এর পাশে লাধুরকা হোটেলে আলুর পরোটা খেলাম । এখানে স্থানীয় অধিবাসীরা দোকানে টিফিন হিসেবে কোথাও বড় ঝুড়ি বা বড় বাটিতে মুড়ি আর কাঁচা শালপাতায় চপ নিয়ে এক বেলার খাবার সেরে নিচ্ছে । মুড়ি এখানকার প্রধান খাদ্য তালিকার একটা।

সুরজদা আমাদের জন্য আজ সকাল সকাল বাসায় ফিরেছে। তাই আমরা তাড়াতাড়ি পুরুলিয়া সিটির দিকে রওনা দিলাম। গাড়ি চালাতে চালাতে চাকার সমস্যা আশঙ্কা করে দাঁড়ালাম হাই রোডের ধারে। ঠিক যেমনটা ভেবেছি তাই। সর্বত্র কালী পূজার প্যান্ডেল হচ্ছে। তারি কোন একটা পিন গেঁথে গেছে চাকায়। পাঁচ জনে তাড়াতাড়ি করে চাকা পাল্টে ফেললাম। সুরজদার বাড়ি পৌঁছে হাত মুখ ধুয়ে আগেই জন্মদিন পালনের অনুষ্ঠান পালন হল। সুরজদার পরিচয় আগেও দিয়েছি। ভীষণ ভালো মানুষ। আজকে এই জন্মদিন পালনে আরেকটি নতুন পাওনা সূরজদার ল্যান্ডলর্ড নাট্যকার সন্দীপ চ্যাটার্জি পুরুলিয়ার আঞ্চলিক ভাষায় পুরুলিয়ার সংস্কৃতি সুন্দর কণ্ঠস্বরে তুলে ধরলেন। এরপর জমিয়ে আড্ডা দিয়ে মাংস রুটি, ভাত খেয়ে ঘুমিয়ে

গেলাম। সকালে ঘুম থেকে উঠে স্নান করে সূরজদাকে বিদায় জানিয়ে চললাম বিষ্ণুপুরের দিকে। টেরাকোটার কাজ করা পুরানো মন্দির, তৎকালীন জমিদারের কামান, পোড়ামাটির কুটির শিল্প এগুলো দেখে রওনা দিলাম বর্ধমানের দিকে।

প্রকৃতির প্রতি মানুষের নির্বিচারে অত্যাচার করার ফল স্বরূপ মানুষ আজ ঐতিহ্যবাহী সংস্কৃতির রীতিকে পরিবর্তন করতে বাধ্য হচ্ছে। ইতিমধ্যে বিশ্ব মহামারী করোনা নামক শাস্তির মাধ্যমে প্রকৃতি তার রসানল ফিরিয়ে দিয়েছে মানুষ নামক সভ্য জীবদের উপর। অসহায় প্রকৃতির প্রতি ঘৃণা দৃষ্টিতে তাকিয়ে জল-স্থল-অন্তরিক্ষে মিশিয়ে দিচ্ছে বিষের উগ্রতা। দুই দিন বাদেই ছট পুজো কিন্তু পরিস্থিতি ও প্রকৃতি সচেতনতাবোধ থেকে বাড়ির তিনতলার ছাদে প্লাস্টিকের বাথটাবে জল জমিয়ে সেখানেই ধর্মীয় রীতি-রেওয়াজ সেরে নেবেন পূর্ব বর্ধমান জেলার ডি.এস.পি বীরেন্দ্র কুমার পাঠক। আমরা এখন উনার অতিথি। ফেসবুকের দৌলতে আমাদের দেখে আমন্ত্রণ করেছিলেন। তা রক্ষা করতে আমাদের আসা। একসাথে কাজ করার দিনগুলি স্মৃতিচারণা ও তার হার্দিক আতিথিয়তার সাথে কাটানো সময়গুলো আরেকটা নতুন স্মৃতি হয়ে থাকল। বর্ধমান থেকে কাটোয়া ঘাট পার হয়ে ঘোষের হেঁসেলে খাওয়া-দাওয়া সেরে তেহট্ট ঘাট হয়ে যখন বাড়ি ফিরলাম তখন দীপাবলীর চোদ্দো প্রদীপ জ্বালানো সময় হয়ে গেছে।

।।সমাপ্ত।।

করোনা অভিযানের সতেরো দিন

"হঠাৎ করে উঠল আওয়াজ

হো হো হো হো হো হো

চমকে সবাই তাকিয়ে দেখে

করোনা বিদ্রোহ।"

সত্যিই এযেন প্রকৃতির এক মহাবিদ্রোহ। ভূগোলের ছাত্র হিসেবে জেনে এসেছি জনসংখ্যার অধিক চাপের পরে আসে নেক্রপলিস অর্থাৎ ভূতের শহর বা মৃতের শহর। মানুষের আত্মকেন্দ্রিকতা, সমাজের প্রতি দায়বদ্ধহীনতা,প্রকৃতির প্রতি চরমতম নির্যাতনের ফল হয়তো এই বিশ্ব মহামারী। অভিযান মানেই চরাই উৎরাই,মৃত্যুচেতনা,প্রতি পদক্ষেপে অভিজ্ঞতা।তাই আমার কাছে এটা একটা অভিযানের সামিল।শরৎচন্দ্রের লেখাতে কলেরা,বিবেকানন্দের লেখাতে প্লেগ অথবা বসন্ত নামক বিশ্ব মহামারীর প্রকোপে লালন ফকিরের ধর্মান্তরিত হয়ে জীবন দর্শনই পাল্টে যাওয়া পড়েছি বইয়ের পাতায়। কিন্তু বাস্তবে এই প্রথম করোনা নামক বিশ্ব মহামারীকে নিজের চোখে দেখলাম, স্পর্শ করলাম। ছোট থেকে জেনে এসেছি পজিটিভ শব্দটির অর্থ ইতিবাচক কিছু,হঠাৎ করে শব্দটির অর্থ বদলে গেল পজেটিভ মানে ভীষণ ভয় ভীষণ টেনশন,ফল অক্সিজেন লেভেল কমে যাওয়া। আর এই পজিটিভ শব্দটির ভয়ে মানুষ উপসর্গ থাকলেও টেস্ট করানোর জন্য হসপিটাল যাচ্ছে না। আর এখানেই করোনার দাপট বেড়ে চলেছে।

আমি প্রদীপ্ত দাস একজন পার্শ্ব শিক্ষক। আর্থিক প্রয়োজনে গৃহশিক্ষকতাও করতে হয়, একটা স্কুলে পরিচালন সমিতির সভাপতি এবং দুঃস্থ শিক্ষার্থী ও মানুষের

সেবার জন্য "পাশেই আছি ওয়েলফেয়ার সোসাইটি"র সভাপতি হওয়ায় কার্যত জনসংযোগ অনেকটাই বেশি, তারপর আবার নির্বাচনী ডি.সি,আর.সি নামক জনসমুদ্র থেকে ঘুরে এসেছি। তাই পরিবারের কথা চিন্তা করে কোন উপসর্গ না থাকলেও আমি ও আমার ভাই দেবাদিত্য টেস্ট করাতে গেলাম। RAT এর রিপোর্ট নেগেটিভ এলো,কিন্তু RTPCR এ রিপোর্ট এলো পজেটিভ যার অর্থ দাঁড়ায় নেতিবাচক।দোতলার দুটি ঘরে আমরা দুই ভাই হোম আইসোলেশনে চলে এলাম।এই আইসোলেশন শব্দটির সঙ্গে বিগত এক বছর ধরে পরিচিত হয়েছি কিন্তু তাকে চোখে দেখার সৌভাগ্য আজকে হল। সৌভাগ্য এই কারণেই বলব এই আইসোলেশন আমাকে সত্যিকারের কাছের মানুষ ও মুখোশধারী কাছের মানুষকে চেনাতে পেরেছে।রাজনৈতিক প্রতিহিংসাও খুব জঘন্যতা দেখিয়েছে।

স্বনামধন্য চিকিৎসক বা পুলিশ আধিকারিকের বাড়িতে আসা বা প্রশাসনিক উচ্চ পদস্থ আধিকারিকদের ফোন করে খোঁজ নেওয়া,আমার সহকর্মীদের মধ্যে কয়েকজন,বন্ধুবান্ধব,প্রতিবেশী,ছাত্রছাত্রী সকলের খোঁজ নেওয়া,বিস্কুট-ফল-রান্না করা খাবার পাঠানো সত্যিই আপ্লুত করেছে। সেইসাথে ভাতৃপ্রতিম রাজা ও বাচ্চুর নাম না করলে আমার পাপ হবে,যারা প্রতি মুহূর্তে আমাদের আগলে রেখেছে।ওদের কৃতজ্ঞতা জানাবার ধৃষ্টতা আমার নেই,পাশাপাশি কিছু কাছের মানুষের সম্পূর্ণ এড়িয়ে চলা কোথাও যেন আঘাত হেনেছে। সংস্কৃত শিক্ষক হবার সুবাদে ভাইয়ের কাছে মহোপনিষদে বর্ণিত একটি উক্তি শুনলাম..

"বসুধৈব কুটুম্বকম্"

(সমগ্র পৃথিবীই পরিবার)

এই শ্বাশত চিরন্তন বাণী যেন মিথ্যার অতল সাগরে তলিয়ে গেছে।

মরণোত্তর চক্ষুদান করেছি,ভেবেছিলাম আমার মৃত্যুর পরে কেউ এই চোখ দিয়ে সুন্দর পৃথিবীটাকে দেখবে। এখন সন্দেহ জাগে প্রাণে সত্যিই কি ঠিক ভাবলাম!

বাড়িটা আমার কাছে একরকম হোটেল কাম লজ, হয়তো হাসি পাবে কিন্তু খেতে আর বিশ্রাম নিতেই তো বাড়িতে আসা,বাকি সময়টা তো বাইরেই কাটে। কিন্তু

আজ থেকে দীর্ঘ চোদ্দ দিন এই চার দেওয়ালের মধ্যে গৃহবন্দি হয়ে থাকতে হবে। পরিবারের সকলে রয়েছে নিচে। থালা বাসনগুলো সিঁড়ির কাছে রেখে মেসেজ বা ফোন করতে হচ্ছে । তারপর খাবার দিয়ে চলে গেলে সেগুলো নিয়ে এসে দুই ভাই মিলে খাওয়ার শেষে থালা বাসন মেজে,ঘর মুছে বসে বসে একগাদা ওষুধ নিয়ে একটা একটা করে খাওয়া।তারপর নিম পাতা,আদা,লবঙ্গ দিয়ে জল ফুটিয়ে স্টিম নেওয়া,গারগিল করা।পুরোনো দিনের ঘরোয়া টোটকা গুলো এখন বেশ পসার জমিয়েছে। দু একটা গল্পের বই এখনো বইয়ের আলমারিতে ঢোকেনি, ভেবেছিলাম এই সুযোগে পড়ে ফেলব কিন্তু মোবাইলের ব্যস্ততায় সেটা আর হয়ে উঠল না।

একটা আশ্চর্য রকম অনুভূতিতে এক একটা দিন কাটছে। দুঃস্থ অসহায় মানুষদের সাহায্যার্থে পাশেই আছি'র সদস্যদের মাধ্যমে ফোনে যোগাযোগ করে অথবা ব্লাড ব্যাংক থেকে ইনহাউজ করানোর ব্যবস্থা করে অথবা ফেসবুকের লেখাগুলো চোখ বুলিয়ে অথবা অক্সিজেন লেভেল কমে গেলে দুই ভাই মিলে সঙ্গীত চর্চার ভিডিও করে ফেসবুক বন্ধুদের সাথে শেয়ার করে অথবা ভাতৃপ্রতিম গৌরবের ভালো থাকার ট্রিটমেন্ট হিসেবে কিছু লেখালেখি করে নয়তোবা কোন দাদু,ঠাকুরমা বা মায়ের কাকার মৃত্যু সংবাদ শোনার পর ফোনে আমার নিচের ঘরে থাকা মায়ের সাথে কথা বলে কেটে যাচ্ছে সময় গুলো।

অক্সিমিটারটা হাতের কাছে থাকার জন্য একটু বেশি বেশিই মাপা হয়ে যাচ্ছে।যখনই ভাইয়ের অক্সিজেন লেভেল ৯৭ এর পাশাপাশি আমারটা ৮৯, ৯০বা ৯১ দেখছি টেনশন বেড়ে যাচ্ছে। ডাক্তারবাবু ভ্রাতৃপ্রতিম রিপন বলেছেন টেনশন করলে লাঞ্চে অক্সিজেনের সাপ্লাই কমে যায় । কিন্তু এই টেনশন কমাবার জন্য কোন ওষুধ উনি দেননি। মনে মনে টেনশন করবো না বললেও ঘুরেফিরে সেটাই মাথাচাড়া দিয়ে ওঠে। মনে পড়ে ইয়েলবং ক্যানিয়নের জঙ্গল অথবা জলদাপাড়া অভয়ারণ্যের কোর জোনের দূষণমুক্ত সবুজের মাঝে দাঁড়িয়ে অফুরান অক্সিজেন নেবার স্মৃতিকথা।

সন্ধ্যা বেলাটা বেশ ভালোই কাটে। কারণ স্বাভাবিক সময়ে সেভাবে ছাদে আসা হয়ে ওঠেনা। সূর্যাস্তের রক্তিম রঙের সাথে সাথে ছাদ বাগানে দুই ভাইয়ের একসাথে

অফুরান অক্সিজেন নেবার সুযোগ করে দিয়েছে এই হোম কোয়ারেন্টাইন।কর্মব্যস্ততার কারণে ভাইয়ের সাথে এতটা ক্ষণ কাটানোও এক প্রাপ্তি।

'মন্দ' কথাটা আছে বলেই হয়তো 'ভালো' কথাটা এত সুন্দর।এই ভালো মন্দ মিশিয়েই কেটে গেল এতগুলো দিন।স্বাদ ও গন্ধ চলে যাওয়া করোনা আক্রান্তের একটা বড় লক্ষণ, আগে থেকেই অনেকবার শুনেছি। কিন্তু চার দিনের জন্য আমরা যখন গন্ধ ও স্বাদ হারিয়ে ফেললাম তখন বারবার ডেটলের বোতল অথবা পারফিউমের গন্ধ নেবার চেষ্টা করেছি। আশ্চর্য রকম ভাবে একটুও গন্ধ অনুভব করতে পারিনি। মাছ ডিম বা মাংস যতই সুস্বাদু হোক ওই কদিন আমাদের কাছে তা ছিলো স্বাদ গন্ধহীন একটি বস্তু মাত্র।

এভাবে চোদ্দ দিন গৃহবন্দি হয়ে কাটিয়ে ফেলার পর ডাক্তার বাবু বলেছেন আর টেস্ট করার প্রয়োজন নেই ।তবুও নিজেদের মানসিক স্বস্তির জন্য আজ টেস্ট করালাম আর সেইজন্যই আমাদের সতেরো দিন কাটাতে হলো।মনে মনে একটা ভীতি কাজ করছিল আবার পজিটিভ হবে নাতো! বাড়িতে বসেই টেস্ট করানোর ব্যবস্থা করে দিলো ভাই তন্ময় ও বোন মিতালি। টেস্টিং কিট-এর রেখাটা আস্তে আস্তে ফুটে উঠছে। ভয় হচ্ছে পাশে আরেকটা রেখা ফুটে উঠবে না তো! তিরিশ সেকেন্ড, এক মিনিট, দুই মিনিট,তিন মিনিট... না পজেটিভ নয় নেগেটিভ হয়েছে। নেগেটিভ মানেই আনন্দ।

এরপর অনেক কাজ,প্রয়োজনীয় সকল জিনিসপত্র স্যানিটাইজ করে,জামা কাপড় ডেটল ওয়াশ করে,উপরের প্রতিটা ঘর স্যানিটাইজ করে,ছাদের ওপর স্নান সেরে সিঁড়ি দিয়ে স্যানিটাইজার স্প্রে করতে করতে দীর্ঘ সতেরো দিন পর মন্দ-ভালো কে পেছনে ফেলে রেখে নিচে নেমে আসা।এ যেন সেই পশ্চিমবঙ্গের সর্বোচ্চ চূড়া সান্দাকফু জয় করে যেদিন সমতলে নেমেছিলাম সেই রকম উৎফুল্লতা।

মনে হয় পৃথিবী বুঝি এখন বিচরণহীন পরিত্যক্ত প্রাঙ্গন।তবুও আমি আশাবাদী - একদিন সেই প্রাঙ্গণেই পুনরায় ধ্বনিত হবে মানুষের কোলাহল, প্রকাশিত হবে তাদের ভাবাবেগ, উপভোগিত হবে তাদের উন্মাদনা।একদিন ঠিকই বিভীতক বৃক্ষের ছেদন

বন্ধ হবে, সকলেই মুখিয়ে থাকবে সপ্তপর্ণ বৃক্ষের প্রতি। চক্রবাক এর মতো কেউই আর অকালে প্রাণাহুতি দেবে না।ঊষার আলোকে প্রক্ষালিত হবে বিভীষিকাময় অন্ধকার।

ঝড় থেমে যাবে

পৃথিবী আবার শান্ত হবে।।

সমাপ্ত

www.ingramcontent.com/pod-product-compliance
Lightning Source LLC
LaVergne TN
LVHW100043051026
849525LV00001B/229